Paul Lynch

在海上

Beyond
The Sea

〔爱尔兰〕**保罗·林奇**——著

刘勇军——译

天地出版社 | TIANDI PRESS

图书在版编目（CIP）数据

在海上／（爱尔兰）保罗·林奇著; 刘勇军译.—成都：天地出版社，2021.6
ISBN 978-7-5455-6310-8

Ⅰ.①在… Ⅱ.①保…②刘… Ⅲ.①长篇小说－爱尔兰－现代 Ⅳ.①I562.45

中国版本图书馆CIP数据核字（2021）第046356号

著作权登记号 图字：21-2021-103

本书出版获得 Literature Ireland 资助，特此鸣谢。

ZAI HAI SHANG

在海上

出 品 人	杨 政
作 者	[爱尔兰] 保罗·林奇
译 者	刘勇军
策划编辑	王 鑫
责任编辑	陈文龙 王 鑫
封面设计	compus·汐和
内文排版	挺有文化
责任印制	王学锋

出版发行	天地出版社
	（成都市槐树街2号 邮政编码：610014）
	（北京市方庄芳群园3区3号 邮政编码：100078）
网 址	http://www.tiandiph.com
电子邮箱	tianditg@163.com
经 销	新华文轩出版传媒股份有限公司

印 刷	天津融正印刷有限公司
版 次	2021年6月第1版
印 次	2021年6月第1次印刷
开 本	787mm×1092mm 1/32
印 张	8.75
字 数	128千字
定 价	52.00元
书 号	ISBN 978-7-5455-6310-8

版权所有◆违者必究

咨询电话：(028) 87734639（总编室）
购书热线：(010) 67693207（营销中心）

如有印装错误，请与本社联系调换

媒 体 好 评

《在海上》既令人恐惧，又如此美丽。

——《卫报》

保罗·林奇的小说是艺术创作，《在海上》是作者根据一个离奇的故事改编而成。他关注的不仅是生存的细枝末节，也不仅是人类与自然抗争的细节，尽管他对这些细节的描写令人兴奋，令人信服。他的兴趣主要在于内心的生存斗争：在极端情况下人们如何自处。

——《星期日泰晤士报》

《在海上》让读者关注生与死的问题，关注作为一个完整的人意味着什么。保罗·林奇将读者放在了太平洋上的一艘小船上，我们都在那里，我们必须面对玻利瓦尔和赫克托被迫面对的问题。

——《纽约图书杂志》

感情丰沛，情节奇异，近乎一场幻觉，与加西亚·马尔克斯遥相呼应。一本萦绕心头、梦幻般的小说。

——《星期日商业邮报》

保罗·林奇的《在海上》让我惊叹不已。这是一部笔触优美、有着精细控制力的小说，表面上讲的是两个男人的海上漂流，（深层次上）讲述的是人类精神，以及当人处于极限状态时会发生什么。

——《爱尔兰独立报》

永恒的光环和古希腊神话的寓意……这本书会让你在读完最后一页时感到彻底的疲惫，但同时也会为自己活着而感到愉悦。

——《苏格兰人》

保罗·林奇讲述了一个存在主义寓言，在一场生存危机中，勾画了人类精神的脆弱与坚韧。作者用诗意而深刻的语言写了一个净化心灵的救赎故事。

——《读者》

一个清晰而充满情感的故事，保罗·林奇简洁而精确的小说有一种超然的、近乎神话般的特质。

——《爱尔兰时报》

保罗·林奇的这部作品融合了约瑟夫·康拉德的情感与艾米莉·狄金森的诗意，丰富、原始、有力的海景将大海的风暴和光芒投射到人类意识最黑暗的角落。惊人的成就。

——简·厄克特，加拿大作家

在极端条件下建立起来的一份友谊，一个强有力的、令人心碎的故事。

——玛丽·科斯特洛，爱尔兰作家

〰〰〰

谨以此书献给我的儿子埃利奥特，

以及我的父亲帕特，

他以前是个水手，后来加入了海岸警卫队。

〰〰〰

"谁知道生就是死，死就是生？"

——欧里庇得斯

第一章

随着玻利瓦尔来到镇里的，并不是关于狂风骤雨的梦，而是他昨晚无意中听到的话。那些话兴许是他在加布里埃拉酒吧里听到的，让他此时依然觉得自己恍若梦中。他估摸说话的人不是亚历克西斯，就是何塞·路易斯，谁知道呢，反正他们两个都是大麻烦。然而，这种恍惚的感觉一直纠缠着他，仿佛一个曾经熟悉但已被遗忘的世界在大海的另一边发出了呼唤。

　　这会儿，他脚上穿着凉鞋，沿路走过摇摇欲坠的桥，从空荡荡的沙滩小屋旁经过。他走过呈扇形在沙滩上筑巢的海龟群。他的目光越过潟湖搜寻着，视线却被拉向了岸边。一个被冲上了岸的油壶躺在沙滩上，旁边有闪闪发光的死波波卡鱼。他整了整棒球帽，走到海滩上。

他想，也就十几条死鱼而已。连乞丐都不愿碰它们。河水受到了污染，但没人能说得清是怎么回事。

他端详着靛蓝色的黎明，寻找不对劲的地方。他观察着云和风。有人说海洋只有一种颜色，但这不过是人类编造的一个谎言。他不记得这话是谁说的了。海洋包含了所有的颜色，所以说海洋是包罗万象的。这种说法可能是对的，谁又能说得准自己会听到什么呢。

罗莎咖啡馆的白色塑料座椅就像睡着的醉汉，靠在桌边。他拍了拍从草棚屋顶垂下来的装满了沙滩球的网。"该死的。"他说。安吉尔并没有在这里等他。他把一张椅子踢过沙滩屏风，一屁股坐在椅子上面，椅背咔咔响了两声。他把手放在自己圆鼓鼓的肚子上，端详了起来。他的手太大了，他时常为此犯愁。他的手腕和别人的小臂一样粗，他的胳膊相当于别人的大腿，他的肩膀又宽又厚，甚至都看不到他的脖子了。他不过是个打鱼的，你还指望什么呢？

他转过头喊道："罗莎！"

从这里，他可以看到他的小渔船孤独地停在沙滩上。船壳是白色的，船身上用蓝绿色的油漆写着"卡密尔"。安吉尔也不在那儿。他仿佛能看到两个男人的幻影：昨晚，月光如洗，他和安吉尔这两个渔夫就如同两座雕像，坐在船里喝啤酒，人们的叫喊声从位于这片狭长海滩的酒吧里传来，只闻其声，不见其人，自酒馆投射出来的灯光十分暗淡。

他又喊了一声罗莎，这时，疯子亚历山大的歌声飘了过来，这个老人有着犹如玻璃般清亮的颤音。他向前探身，只见亚历山大坐在一个早已无从判断颜色的冷藏柜上，正在修补被海水侵蚀的渔网，身旁的铁钉闪闪发光。玻利瓦尔每天都尽量不听他唱歌，但亚历山大的歌声还是传进了他的耳朵，在他心中唤起了一些无法解释的感觉。有时，他会体会到一种负罪感。还有时，他觉得自己活了很久很久，仿佛多活了一辈子。对这样的情况，该怎么解读？

松散的沙子滚过席子。他用一根手指按住鼻子，擤了擤鼻涕："罗莎！"

瓜达卢佩圣母立在高高的架子上看着玻利瓦尔，仿佛他是一个穿过门上挂着的珠帘的幽灵。罗莎在吊床上睡得正香，她总是在睡觉。他伸手拿起遥控器，打开电视机，开始看前一天晚上进行的比赛。

"罗莎！"他说，"你见过安吉尔吗？"

那个女人动了动，很不耐烦地哼了一声。她垂下双脚，身体一晃从吊床上下来，站在半明半暗的光线中扎头发。他只能看到她的眼睛，仿佛她的眼眸可以吸收照过来的光。他冲着她眨巴了两下眼睛，一时古旧的思想作祟，不禁觉得她是个邪恶的女巫。但过了一会儿，她卷起屏风，她的身体随之显露出来。他的目光随着光线落在她宽松衬衫下的小腹上，打量着她光滑的双手和大腿。他欣赏着她，正如男人欣赏女人一样。

"安吉尔还没来吗，罗莎？"

"那箱酸橙是你带来的吗，玻利瓦尔？我昨晚问过你的。"

"他除了来这里还能去哪儿。我只带几个酸橙上船。"

罗莎似乎不管做什么总是在唉声叹气。她俯身向冰箱，身体散发出悲伤的气息。她从里面拿出两瓶啤酒后挺直身体，动作里透着一股不是她这种年轻女人该有的疲惫。她打开了两个瓶盖，却没有看酒瓶，而是眺望着潟湖的另一边，思绪飘向了远方。

玻利瓦尔看着她，喝了一大口酒。电视里传来进球的声音，他探出珠帘，过了一会儿，他把身体缩了回来，用手腕擦了擦嘴。

"说了你也不会信的。"他说，"还记得去年死了很多鱼的事吗？我刚看到一些波波卡鱼被冲到岸上死了。"

罗莎盯着他看了一会儿。

她说："昨晚有人来这里找过你。"

"什么人？"

"不认识。那人说要割掉你的耳朵。"

"是他。"

"你说谁？"

"我干了件蠢事。但我会尽快解决的。"

他注视着她紧闭右眼喝酒的样子，又打量着她住的这个凉爽的砖砌房间。屋里有一张吊床，两把棕榈木椅和一台嗡嗡作响的冰箱。房间里弥漫着一股汗味。她的衣服挂在钉子上。

他伸手去摸她的手腕，但罗莎向后一缩。一些话未经大脑的过滤，就从他的嘴里涌了出来：

"罗莎，总有一天你会嫁给我的。我只是一个渔夫，这的确是事实，但我会花钱给你买电视机，甚至还会给你买辆吉普车。我要给你买几件家具，让你放衣服。你要多少酸橙我就给你多少。"

罗莎凝视着玻利瓦尔被太阳晒成棕色的双脚，他的脚趾很肥大，塑料凉鞋坏了的地方贴着胶带。他左脚的大脚趾没有脚指甲。

在她的注视下，玻利瓦尔把自己的脚向内侧转了转。

她叹了口气，"我有很多事要做，玻利瓦尔。这些酸橙，谢了。我得走了。"

他们听到亚历山大兀自大笑着。

玻利瓦尔转身向门口走去，老人又开始唱歌。

"那个傻瓜。"他说，"谁知道他唱的是什么鬼话。"

罗莎说："那些歌是唱给死者的尸骨的。"

玻利瓦尔扯下墙上的一块灰泥。

"这个地方就快塌了，罗莎。总有一天，海风和海水会把你卷走的。"

罗莎耸了耸肩："我想肯定不会是今天。"

"阿图罗！大老板！"玻利瓦尔走进阿图罗那间面朝海滩的办公室。他深深地吸了一口气。清新的微风中夹杂着大海淡淡的腐朽味儿。他又喊了一声，随手把自己的帽子扶正。对讲机噼啪响了几下后，便只发出微弱的静电声。阿图罗只可能出现在几个地方，玻利瓦尔心想。阿图罗要么是和那个女人在他的房间里睡觉，要么就是在看电视，还可能在加布里埃拉酒吧，一边喝酒，一边抱怨有人害得他的荷包瘪了很多。

玻利瓦尔走进后院，看见小阿图罗坐在台阶上。这个男孩与他父亲像是从一个模子里刻出来的，或者说，这孩子与他父亲以前的样子很像。看他此时那浓眉大眼的长相，就能知道他成年后会长成什么样。

"老板在哪儿？我有急事找他。"

男孩茫然地望着玻利瓦尔，耸了耸肩，继续用拇指划着电话。

"他到底在不在？"

在他们头顶上方，一扇门打开了，一个人探出头，这人的头发歪歪斜斜的。阿图罗光着脚走下水泥楼梯，面无表情地看着玻利瓦尔。玻利瓦尔端详着他。阿图罗穿着他每天都穿的灰色背心和红色短裤。当然，他睡觉的时候也穿这身衣服，它们已经变成了他的皮肤。

阿图罗说："过来，胖玻，我想给你看点东西。"

玻利瓦尔跟着阿图罗来到一辆孔雀般鲜艳的四驱吉普车前。阿图罗指了指那辆车。

"看这个，胖玻。你说说，谁会做这种事？"

玻利瓦尔随着他手指的方向看过去，弯下腰。他用手抚摸着车身上一道深深的划痕。一股内疚感在他心里升起，然而他确信这事儿并不是自己做的。他想了想，觉得可能是安吉尔干的。他站起来，叹了口气，扶正帽子，又提了提短裤的腰带。

"要我说，可能是哪个醉鬼干的。要不然就是小孩子。很多孩子就知道闯祸。告诉我，阿图罗老板，你见过安吉尔吗？他一直都没露面。"

阿图罗带着审视的目光转向玻利瓦尔，然后，他闭上眼睛。当他再次睁开眼，他悲伤的目光落在了吉普车上。

"我真不敢相信，胖玻。这个世界上没有什么东西能一直都是新的。我还以为你昨天出过海了，今天应该回来。你为什么不和其他人一起出海？"

"打电话给他。"

"给谁？"

"安吉尔。"

"为什么？"

"我要出海，但是没有安吉尔我怎么去？我和别人没法一起捕鱼。"

阿图罗深深地呼出一口气，转向灰白色的大海。然后他转过身来，盯着面前的人。

"听我说，玻利瓦尔，有一场暴风雨就要从东北方向吹来了。新闻快报里都报了。看看海滩，大多数船都被拉了上来，其余的也快回来了。"

"那不是真的，阿图罗。我看到三艘船出海了。有梅莫的船，还有其他两个人的。"

"是的。梅莫跟你一样疯狂，胖玻。"

"给安吉尔打电话。"

"听着，玻利瓦尔，没有人逼你出海。"

"给他打电话。"

"为什么？"

玻利瓦尔皱起眉头，开始拉着自己的一只耳朵。

"听着，我需要尽快赚点钱。"

"你为什么不自己打给他？"

玻利瓦尔耸了耸肩："我的电话死机了。坏了。我没有充值。我上一个女人跑掉的时候把手机拿走了。听着，我只是一个渔夫。"

阿图罗从后兜里掏出手机，眯着眼拨打电话。他盯着吉普车，摇了摇头，挂了电话，拨了另一个号码。

"嘿，瘦猴，胖玻在我这里，正闲得发疯呢。你见过安吉尔吗？他的手机没开机。你去他家找他一趟。"

玻利瓦尔注视着打电话的人，注视着吉普车闪闪发光的玻璃映出来的阿图罗的影像。他的影像也变得闪闪发光，反映出了他贪婪的灵魂。他打量着阿图罗的脸，近来阿图罗的脸色开始变得越来越深，似乎显示出了血瘀的阴影，血液最终会呈现出黑色。他心想，阿图罗身上的肉都松松垮垮地挂在骨头上。这种事就发生在你的眼皮底下。

阿图罗听着电话，眼神变得茫然起来，他没有看海滩或潟湖，他的目光越过冲浪者和捕虾渔民，甚至越过了朦胧而遥远的地平线。

阿图罗点点头，挂了电话。

"安吉尔不在家，胖玻。"

"也许他病了，还可能死了。你得赶快给我找个人，而且得是个身体健康的人。"

"我会给你找个人的，胖玻。但是你为什么不能像其他人一样出海？你来到这里，我给了你一间小屋住，你以前倒是常常去捕鱼，但现在你整天只知道喝酒。你什么都不相信。你只在乎你自己。"

"这不是真的。"

"向我证明这不是真的。"

"听着，阿图罗，老板。我是这个时间还是那个时间出海，有什么区别呢？好吧，我今天确实没有像其他人一样在日出的时候出海。但是，我喜欢怎么做就怎么做。我知道所有能捞到鱼的地方。我比任何人都去得远。他们不过驶出三十英里、四十英里。他们就跟小孩子一样。如果有必要，我可以驶出去一百英里。我可以驶到地球的尽头。我不受限制。"

"胖玻。暴风雨就要来了，真的要来了。"

玻利瓦尔端详着天空。

"我觉得天气还好。"

玻利瓦尔从船上直起身来，看见阿图罗带着一个长发青年向他走来。他用眼神示意他们快点，然后看向大海。他把身体探出船身，将一个装满冰的垃圾袋拉进船里。他用眼角余光打量着那个年轻人。他心想，瞧瞧那小子懒散的步子，再看看他那松弛的手臂和手腕、弯腰驼背的样子。毫无疑问，他就是一只来自红树林的虫子。

玻利瓦尔从船里探出身子，往海滩上吐了口唾沫。

阿图罗和年轻人走到小船跟前，玻利瓦尔直勾勾地盯着那个年轻人，看得那个年轻人垂下了目光。

然后玻利瓦尔转向阿图罗。"你这是什么意思？"他说。

他拿起袋子，把冰倒进船中央一个六英尺长的冷藏柜里。

"这是你的新搭档，胖玻。打个招呼吧，赫克托。"

玻利瓦尔绕过冷藏柜，站在船尾，面向阿图罗。

"给我换个人吧，老板。这孩子对捕鱼一窍不通。"

他转过身，只见年轻人神情沮丧，说话结结巴巴。恐惧点亮了年轻人的眼睛，直达他的四肢，最后，年轻人站在那里，双手都不知道该放在哪里了。

玻利瓦尔把空袋子揉成一团，扔到海滩上。

阿图罗说："放松点，胖玻。赫克托挺有经验的。对不对，赫克托？"

他把一只手放在年轻人的胳膊上，用力握了握。

赫克托赶忙解释。

"我……我去年在爸爸的船上干过，去潟湖里捕过鱼。我操作马达。来来回回都是我开的船，小菜一碟。"

阿图罗猛地一拉赫克托的胳膊。

赫克托说："好吧。他出多少钱？"

阿图罗向年轻人点了下头，微微一笑。

"他爸是埃内斯托的堂哥，埃内斯托一直是和我哥一起捕鱼的。我刚才正好看见他在海滩上。你可以借他一副手套。"

玻利瓦尔假装考虑了一会儿，但他实际上是在看着镇子后面那座荒凉的小山。他从来没有真正注意到那座山。小山矗立在那里，像一道被大自然设计成静止的巨大海浪。想象自己和罗莎躺在床上，他总觉得怪怪的。于是他想象和她一块在冷藏柜里，那里面有足够的空间可以容纳两个人，虽然会有点挤。要不是闻起来有股鱼腥味，躺在里面会非常舒服。

玻利瓦尔双臂抱怀，凝视着年轻人。

他说："在潟湖里捕鱼可算不上真正的捕鱼。"

赫克托耸耸肩，挣脱了阿图罗的手，假装要走开。

他说："我还有其他事要做。"

玻利瓦尔望着大海，两艘小船驶了回来，海鸥在船只上方盘旋着。他低下头，仿佛看到自己躺在沙滩上，两只耳朵被割掉了。他转过头，看着抓住年轻人手肘的阿图罗。

"好吧，老板。"玻利瓦尔说，"就这一次。我得赶快出发了。我给他三十块。"

阿图罗说："四十，胖玻，四十块。"

玻利瓦尔弯下腰，拿起两个空的汽油罐，塞进赫克托怀里。

他说："去老板的油箱那儿把它们装满，再带六罐回来。"

阿图罗说："嘿，胖玻，我刚才碰到了丹尼尔·帕兹。他说昨晚你们两个之间发生了一些事。"

"哪两个？"

"你和安吉尔。"

"你什么意思？"

"他说发生了一些事。"

"什么也没有发生过。"

"发生了。"

"没有。我们先在罗莎咖啡馆喝，又去了加布里埃拉酒吧喝，然后跑去船上继续喝，那之后我就回家了，也许他还在喝。谁知道他和谁在一起。"

"那他在哪儿？"

"他去他妈妈家了吧，阿图罗。他不长记性。他又一次被逮捕了，因为他在那个女警察面前把他的哨子拿出来让她吹。我怎么知道，阿图罗？我只是一个渔夫。"

　　玻利瓦尔戴着手套，一边走一边盯着自己的脚。他沿着棕榈树下的大道一直往前走。一辆高速行驶的卡车的声音隐隐约约地打断了他的思绪。一个熟悉的身影出现在他面前，那人和他打了个招呼就过去了。是丹尼尔·帕兹，但玻利瓦尔没有抬头。他在想那个正四处找他的男人。他想到了自己的耳朵。他向树梢上方看去，他的目光越过了潟湖。他心想，说不定真会有暴风雨，不过看样子下不了多大。

　　玻利瓦尔带着两桶沙丁鱼鱼饵向小渔船走去。他凝视着赫克托。年轻人正靠着船打电话，一只手松松垮垮的，小嘴边挂着笑。

　　玻利瓦尔心想，他依然是只虫子。

　　赫克托打了一会儿电话，结束了通话，开始清嗓子。

　　"听着，玻利瓦尔。我不能出海了。丹尼尔·帕兹说风暴就要来了。"

玻利瓦尔哈哈大笑几声。"你在说什么？"

赫克托笑了，但他的笑声在玻利瓦尔的注视下戛然而止。然后他的嘴巴绷得紧紧的。他把头发从眼睛前边拨开，直视玻利瓦尔的眼睛，他的身体本来很松弛，现在却挺得笔直。

玻利瓦尔把双手从腰间抬起来，双臂交叉抱在胸前，让自己在年轻人面前显得高大威猛，不容置疑。赫克托的下巴绷紧了，片刻后松了下来。他有话要说，但他的目光从玻利瓦尔的脸上移开，移动到玻利瓦尔前臂一个褪色的名字文身上。然后，他看着一个乞丐弯腰驼背地拄着拐杖走在远处的沙滩上。他开口时，他的眼睛盯着地面。

"听着，"赫克托说，"即使我想去，我也去不了。我稍后要去看比赛。我答应我女朋友会和她碰面的。"

玻利瓦尔松开了双臂。他将左脚从凉鞋里滑出来，弯曲了几下脚趾，将脚底的沙子蹭掉，重新穿上凉鞋。他看到赫克托注意到了他的大脚趾上没有指甲。他走近一步，看着赫克托的耳朵。

"我说给你多少钱来着？"

"四十块。"

"我给你六十。"

赫克托张着嘴，舌头动了动，但没有说话。他把手伸进口袋，拿出手机，半转过身，假装用拇指划着手机。然后他说："你疯了，玻利瓦尔。"

"告诉我，赫克托，什么是风暴？就是有点风而已。海面会起一点点风浪。真正的渔夫对这种事早就习惯了。我还没遇到过我征服不了的风暴。我们会出海，然后平安回来。不会有任何麻烦的。看这条船，它可是最好的，比其他船都坚固。我和老板谈过了。他听了收音机。他说，不管是什么暴风雨，都会很快过去的。没什么好怕的。"

赫克托看向海滩，有人过来了。

玻利瓦尔扭头看着丹尼尔·帕兹和阿图罗，老板正盯着他。帕兹在说说笑笑。

玻利瓦尔向赫克托走了一步。

"听着，"他说，"我把我赚到的钱分一半给你。这样的条件我只给过安吉尔。你找不到比这更好的待遇了。"

赫克托看看来的两个人，又看看小渔船，他的视线穿过大海，望着光线柔和的天际线。

玻利瓦尔看到赫克托的目光变得松弛，年轻人的肩膀软了下来，双手不安分地插在口袋里。

玻利瓦尔低声说："一半。"

阿图罗喊道："胖玻！"

玻利瓦尔转过身来，语速很快地说了起来：

"这里没什么好看的，老板。等我们回来，我们就像野兽一样狂欢上好几天。对不对，赫克托？"

阿图罗停下来，仔细看那艘船。他眺望着大海。然后，他打量了一番赫克托，笑了笑：

"胖玻，你跟我说过有个人可以处理工业废料。我哥哥正好认识一个人有一罐变质的糖浆需要处理掉。"

玻利瓦尔变成了他的手和眼睛，他的手和眼睛变成了大海。小渔船在起伏的海面上前行。他驾船穿过了海岸和潟湖之间的海域，从飞向沙洲的大群滨鸟边上驶过，然后开始逆风而行。海面上起了一层泛着微光的薄雾。他从口袋里掏出一根卷好的大麻烟卷和一个黄色打火机。他抽着烟，想起了罗莎。下次你一定要带酸橙。

他看着海水起起伏伏，不知道大海的起源在哪里。他看着赫克托斜倚在船舷边沿，向风中吐唾沫，唾沫像昆虫一样飞跃出去。玻利瓦尔开始感到皮肤下面很痒，到处都痒，而这是因为他对年轻人有种深深的厌恶。直到现在，玻利瓦尔才看到年轻人的毛衣背面竟然印着骷髅图。

他心想，阿图罗要是看到了，肯定会笑。

玻利瓦尔注视着赫克托那稀疏的山羊胡子，不禁爆发出一声海盗般的吼叫。

赫克托转过身来，不知道发生了什么，只看到玻利瓦尔古铜色的脸上绽开了笑容，一口歪歪扭扭的牙齿露在外面。

GPS显示他们已经驶出了十四英里，这时，玻利瓦尔与两艘准备靠岸的船擦过。他知道其中一艘是奥维迪奥的船，白色的船身上画着黄色的条纹。奥维迪奥站在那里，一只脚踩在船舷上，把一根手指和拇指塞进嘴里，吹了一声口哨。接着，奥维迪奥喊了一句叫人听不清的话，玻利瓦尔却直直地望着前方，仿佛没有看见他们。赫克托半站半坐，不停地挥着手，直到玻利瓦尔从鱼饵桶里抓起一条沙丁鱼，朝他扔去。

玻利瓦尔驾驶船只，在微小的浪花中前进。他一边盯着GPS，一边用拇指划着屏幕。这就是他追求的目标。前往遥远的深海。他的嘴唇上挂着咸腥味。随着时间的流逝，像头发丝一样细的海岸逐渐消失。他试图细看大海，但他的目光总是瞟向赫克托。年轻人抓着船舷在搜索手机信号。当赫克托问还要深入多远的时候，玻利瓦尔将一只手握成杯状放在耳边，耸了耸肩。他看着年轻人转过身去，看着风吹动年轻人的马尾辫，将年轻人的头发吹得乱七八糟。赫克托只好把头发绑好。玻利瓦尔摘下自己的棒球帽，戴上一顶羊毛帽，把棒球帽挂在座位下面的钩子上。

当赫克托转身又问了一遍时，玻利瓦尔盯着他，耸了耸肩。就在此时，玻利瓦尔在赫克托的眼中看到了愤怒的光芒。玻利瓦尔转过身去，但举起两根被烟草熏黄了的手指。

"还要两小时。"他说。

五点一刻，玻利瓦尔关闭了马达。

世界陷入一片寂静。只有海浪哗哗地翻滚，海风呼呼地吹拂着。玻利瓦尔把一只胳膊肘搁在左膝上，抖了抖他因为掌舵而变得僵硬的手。然后，他用手指夹住一根大麻烟卷。

赫克托转过身来，露出期待的神情。

玻利瓦尔吸着烟卷，从座位下抽出一副灰色的橡胶手套。他把它们扔向赫克托，然后呼出一口烟。

赫克托盯着自己戴着手套的双手，手套对他来说太大了。

太阳落到了大海的另一边。

玻利瓦尔说："我们开始吧。"

天空中的光芒在一点点消失。他们刚把鱼饵挂在鱼钩上，天色就暗了下来。赫克托不慌不忙地将钓线放入水中，玻利瓦尔把小渔船转向相反的方向。玻利瓦尔看到漂白剂瓶子做成的鱼漂看来很像昏暗的水母。他密切注意着最后一点光亮与黑暗交汇的那一刻，眯起眼睛搜寻着。他和安吉尔打过赌："总有一天我会看到白昼和黑夜交替的确切时刻。"他想象着那个时刻会发出声音，比如喘息声，也可能是砰的一声。他关掉马达，倾听这个世界，仿佛突然被孤独感包围。

玻利瓦尔把烟屁股弹出船舷，抬头看了看云层后面的满月。他伸手去拿电池灯，把灯打开。然后他在他的羊毛帽上安装了一个塑料头灯。他们默默地吃了面包、熟肝和洋葱。玻利瓦尔在他的食物上洒了些海水。

他借着灯光端详赫克托。年轻人捧着碗小口吃着，嘴巴微微张开，他的下巴生得比较短。玻利瓦尔探身向前，想看得更清楚些，他觉得自己之前并没有真正注意到这一点。赫克托的脸很长，下巴有些短，总像是在做目瞪口呆的表情。

赫克托探过身，从玻利瓦尔的帽子卷边里抽出一支烟。

玻利瓦尔向后一躲，说："你得先问了才能拿。"

赫克托说："能给我支烟吗，拜托了，胖玻？"

玻利瓦尔皱起眉头，身体前倾。

"你说什么？"

赫克托说："拜托了，能给我一支烟吗？"

"你刚才不是这么说的。"

玻利瓦尔用灯照向年轻人的眼睛，看到赫克托被照得睁不开眼。年轻人的脸上闪过一丝不确定。

赫克托说："这就是我的回答。你也叫我的名字的。"

赫克托吞下食物，盯着自己的脚。他把鞋尖伸进船体。最后，他看着玻利瓦尔。

"阿图罗不就是这么叫你的吗？他不就叫你胖玻？"

玻利瓦尔狠狠地瞪了赫克托一眼，只是在黑暗中，赫克托看不见而已。赫克托拉了拉自己的手，慢慢把手伸进口袋。

赫克托说："你喜欢巧克力吗？"

"我从没见过有人不喜欢巧克力。所有人都喜欢。"

"你想吃吗？"

"不想。"

玻利瓦尔关掉了电池灯，整个世界顿时陷入了无尽的黑暗之中。他听着风和海的声音，他好像还听到了赫克托的咀嚼声。他想象赫克托的舌头把巧克力挤到牙齿上，把巧克力挤压成糊状，短下巴不停地动着。

他心想，该死的，要是安吉尔，肯定会带啤酒来的。

过了一会儿，赫克托说："离圣诞节只有一个多月了。"

赫克托开始谈论昨晚的足球比赛，猜测明天谁将赢得比赛，又谈到了他正在约会的女孩子卢克雷齐娅。他说他把自己所有的钱都花在了她身上，却还不确定是不是喜欢她。她的一只眼睛有问题，是她的左眼，不，是右眼。你根本分不清她是不是在看你。

玻利瓦尔噶了两口，把大麻烟卷吸着后递给赫克托。

他也为自己卷了一根。

他听到赫克托在座位上动了动。

最后，他说："这里就是他们要去的地方。"

赫克托说："谁？"

"走私集团的走私贩子。"

赫克托的声音又变得紧张起来："这里？"

"当然。把灯关掉，以防万一。"

"你是怎么知道的？"

"这片水域是他们的地盘。一天晚上，根据GPS显示，就在这儿附近，安吉尔发誓说他听到了一艘船被重型武器击中的声音。他说的可能是真的，也可能不是，我当时睡着了，什么都没听到。去年四月的一个晚上，维克多·奥尔蒂斯和巴勃罗·特也来了这里，他们听到了尖叫声和呼喊声。我来给你讲讲当时的情况吧。他们关了灯，坐在船上竖起耳朵听。维克多·奥尔蒂斯说：'这么听来，肯定是有船遇到麻烦了。''别去找他们。'巴勃罗·特说，'我还有老婆孩子要养活呢。'但奥尔蒂斯启动了马达，开始以之字形向声音发出的方向驶去。巴勃罗·特打出了强光。借着灯光，他们看到了一艘船。巴勃罗立即关掉了大灯。他们在黑暗中盯着那艘船，他们两个后来说他们当时都感觉那艘船是空的，黑暗中还有一艘船在盯着他们，这第三艘船上没有灯光，却有一船的人，那些人或是戴着帽兜，或是戴着巴拉克拉瓦盔式帽，全都手执重型武器。巴勃罗做了祷告后打开了灯，把灯光对准了第一艘船。他们看到的是一艘空渔船。船身上到处都是子弹孔，却连个人影都没有。在那之后，维克多·奥尔蒂斯和巴勃罗·特都说他们不会再来这么远的深海捕鱼了。也许他们听到的是鬼魂的叫声。也可能他们听到的是有人被喂了鲨鱼的惨叫。这很可能是真的。你觉得呢，赫克托？你相信有鬼吗？"

玻利瓦尔在座位上伸展身体，拉上帽子遮住了眼睛。

玻利瓦尔在睡梦中听到了。狂风怒号着，从黑暗中呼啸而来，进入另一片比梦境更真实的黑暗。他把帽子一转，从眼睛前面挪开，去看天上有没有月亮。波浪翻涌的方向不对劲。

他觉得这一切都是幻觉。"简直不敢相信。不过是一眨眼的工夫，暴风雨就来了。"

他看了一下发亮的表盘。只听一声轰鸣，海浪不断拍击着小渔船。海水将突如其来的寒意送入骨髓。玻利瓦尔在海水的冲击下弯下身来，擦掉进入眼中的海水。

赫克托尖叫着醒了过来。

玻利瓦尔现在动作敏捷，像一道流动的黑影一样冲向船头。船在黑暗中随着波浪摇晃。他从趴着的赫克托的身边经过，对着他怒吼，让他往外舀水。赫克托蜷缩在船里，一点也不像真实的存在，而是如同一个想象出来的东西，这艘船也是一个无法想象的东西。这个念头在玻利瓦尔的脑子里一闪而过，他的身体则在不加思考地移动着。

他没有戴手套就抓住被海水打湿后变得冰冷的钓线，用力拖拽，只觉得两手灼痛不已。在他身后，赫克托在尖叫。玻利瓦尔回过头，怒吼着让年轻人把船里的水向外舀，却看到赫克托抓住电池灯，把它照向天空。

一个世界从梦中呼啸而来。

咸咸的海水刺痛了玻利瓦尔的眼睛。我瞎了，玻利瓦尔心想。他打开头灯，黑暗中立即亮起了一道尖塔状的光线。他平稳快捷地拉紧鱼线，把线拴在双头系缆桩上，他将鱼叉插进了一只鲨鱼的嘴，将它拖了上来，船身被压得开始向下倾斜。然后他解开鲨鱼，在灯光下看向鲨鱼的眼睛，一种无法解释的感觉在他心里闪过。他猛击了两下鲨鱼的头部，把它扔进冷藏柜。

这简直是个奇迹，然而他移动着，总感觉有个东西就在他触手可及的地方，那是他的存在的明确边界。他已经把四条大鱼弄上了船，鱼钩也都解开了。钓线上都勾住了鱼，鱼饵完成了自己的使命。他低声对自己说，赫克托只会蜷缩在船尾尖叫，不肯往外舀水。

玻利瓦尔心想，你一看到他，就知道他是个怂货了。他那副走路的样子、站立的姿势，还有短小的下巴，都说明了他是个什么样的人。

玻利瓦尔意识到海水没过了自己的脚踝。他转向赫克托，大声叫他去舀水，但他的声音被吹向了相反的方向。他拴住钓线，走到船的另一边，抓起舀水的水桶，用绳子把桶系到座位下面。

咸腥味的水沫伴随着嘶嘶声四下飞溅。

赫克托的喊声变成了耳语：

"亲爱的上帝，求你了，我不想死。"

风在黑暗之中呼啸不止。

一小时似乎变得和一生一样漫长。玻利瓦尔思想中某个遥远的部分在说话，但他没有听。他忙着做两个人的工作，一会儿往船外舀水，一会儿猛拉钓线，把鱼一条一条地拖上来扔进冷藏柜。很快冷藏柜就装了许多金枪鱼和几条鲨鱼，已经半满了。

他心想，这里真是捕鱼的好地方。再过一小时左右，天就该亮了。

每一次海浪袭来，玻利瓦尔都没有退缩，但赫克托的哭声始终没停过。年轻人时不时舀几下水，可一有浪头打来，他就会停下。

玻利瓦尔心想，要保住性命其实很简单，只要毫无异议地去做你应该做的事。这个年轻人就是个傻瓜，他不会听的。

他心想，回去之后，人们肯定会一再谈论这件事。他绝不允许自己惨败而归，在海滨上抬不起头来。

于是，玻利瓦尔转身咆哮起来：

"来吧，我们得行动起来了。"

一开始，声音非常轻。玻利瓦尔意识到自己在违背自己的感觉。然后，有很多低沉的声音在风中响起。他能感到自己的心在颤抖。他的思想用语言表达出了他已经感觉到的事：暴风雨还没有达到最猛烈的程度。船一次次被巨浪推到浪尖，他发现自己被甩了出去，仰面倒在船上。船几乎要被海浪吞没。他转过身，看见赫克托蹲在那里，亲吻一条十字架项链。赫克托在呼唤自己的母亲和父亲，呼唤上帝听到自己的祈祷。

玻利瓦尔被困在一团乱糟糟的钓线之中。他爬起来，从衬衣上拽下一个钩子，肋骨处立即被划了一道口子。

他凝视着东北方向，大风迎面扑来。

现在西方应该有亮光出现才对。

他心想，没有时间了。

他抓住钓线，拿起取鱼内脏的刀，开始割断钓线。见到钓线从船头滑了下去，玻利瓦尔就转向赫克托，愤怒地拉住他的毛衣，与他面对面。赫克托张着嘴，紧紧闭着眼睛，躲避玻利瓦尔头灯的直射，躲避着黑暗中的暴风雨，十字架从他嘴里掉了下去。

玻利瓦尔用力摇晃了他一下。

"打起精神来。"玻利瓦尔喊道，"该采取行动了。我们可以做到的。我只需要你舀掉船里的水。不能让水越积越多，不然船会沉的。"

赫克托在哭，或者他只是想擦掉眼睛里咸腥的海

水。然后他开始点头。他走向水桶，用双手抓住它开始
舀水，好像心里的怒火突然爆发了。

玻利瓦尔用力地启动了马达。

在昏暗的光线中，玻利瓦尔驾着船，猛眨眼睛盯
着指南针，注视着摇晃不定的指针。滚滚的波涛遮蔽了
天空。他加速驶过每一个海浪的低谷，然后放慢速度。
每次有巨浪袭来，他们都弯下腰，以缓解海水拍击的力
道。有那么一刻，玻利瓦尔感觉他们就像在史前的地球
上，遇到了风暴无休止的袭击，时间瓦解了，没有白天
和黑夜，距离也无法测量。这世界曾经是什么样子，将
来也会是什么样子。

他想起了罗莎，想到了她的皮肤、屁股和修长的大
腿。他这么多年一直关注她，现在就有了一种感觉：他
如果每天晚上和她躺在一起，就会想要除身体以外的东
西，那将非常痛苦。你要对她说什么？昨天我很穷，但
今天我很富有，这就是渔夫的生活。

玻利瓦尔吼了出来："就是这样，继续前进！再过
几小时，我们就可以喝啤酒喝个痛快了……"

船猛地一沉，然后恢复了正常，赫克托抬起头盯着玻利瓦尔，他目瞪口呆，被眼前的一切惊住了。

玻利瓦尔直起腰来，咧开嘴大笑，把一只大手放在腿上。

船在大海里剧烈地颠簸着。玻利瓦尔怒吼着让赫克托去抓船舷，但年轻人仍在向外舀水。残留的钓线、他们的袋子、水桶和刀子，甲板上的东西都开始滑动，玻利瓦尔用双脚勾住船身，对着赫克托大喊大叫，玻璃纤维开始颤抖。当他们身后的大海张开了大口时，他感到了片刻的空虚。然后大海变成了天空。他弯下头，把脑袋夹在两腿之间，这时候，小渔船直冲浪尖，冰冷的海水如同雷电一样砸向他们。他发现自己坐了下来，手握着舵柄，就在那一瞬间，他看都没看一眼就知道赫克托不见了。然后，当他的目光迅速转向一边时，一种想法在说：让那个傻瓜被水冲走吧。然而，就在那时，他毫不犹豫地伸手抓住了赫克托的头发。他把年轻人拉向自己，此时，船继续向下倾斜。赫克托的身体向下坠，距离玻利瓦尔越来越远，玻利瓦尔能感觉到自己的手指松了，他的胳膊无法再伸展了，他心想，现在没时间救他了，放弃他吧，不然他会连累你一起丧命的。然后，他用左臂抓住斜桁，大吼一声，使出浑身力气抓着年轻人毛衣的帽兜，将他拉进了船里。

又一个浪头打来，玻利瓦尔忙弯下身子，他眨了眨眼睛甩掉眼中的海水。过了一会儿，他才能看清楚。赫克托昏了过去，但还活着，像极了一只刚刚出生的动物。赫克托的嘴巴吸着空气，发肿的眼睛闭得紧紧的，身体裹在黏液里。然后，赫克托翻了个身，吐出几口水，动了起来，就像第一次有了重量和呼吸一样。他的手向上伸，去抓船的边缘。

就在那时，玻利瓦尔知道发动机失灵了。

他抓住马达拉索猛地拉动。一下，两下。发动机的动力头没有任何反应。他对着发动机咆哮两句，转身用拳头猛击了几下。他又开始拉拉索。

最后他停下，抬起头来。

他看到了一只被抛起的鸟。

玻利瓦尔从座位下抓起对讲机，大喊起来。扬声器没有发出半点声音。他按了几下按钮，擦了擦别在他衬衫上的话筒，又查看了频道，还把音量调高。他把对讲机放在耳边，听不出对讲机有没有响。

他朝对面望去，只见赫克托正注视着自己。年轻人面容灰白，眼白变成了血色，脸上却带着一种难以置信的表情，仿佛只要他愿意，眼前的一切就不会发生似的。

玻利瓦尔摇晃了几下对讲机，只得将它放下。

他喊道："可能没电了。现在没时间充电。也可能是弄湿了。这种玩意儿永远做不到真正防水。"

这时对讲机噼啪响了一声。玻利瓦尔按下按钮，大声喊了几句话。对讲机里一个模糊的声音消失了，对讲机归于沉寂。他希望说话的人是阿图罗，但他知道不是。八成是同在这片海域上的另一艘船，毫无疑问，梅莫或者其他船也遇到麻烦了。他记得有人说过，无线电信号发送出去后要是从未被接收到，就会永远绕着地球转，成为遗失已久的死亡信号。

谁知道你听到了什么。

他又冲着对讲机咆哮起来，但他有两件事没有告诉赫克托，因为即便他不说，赫克托很快也会知道。

第一：这台对讲机不能用了。

第二：他们现在得靠自己了。

玻利瓦尔仔细端详波涛汹涌的大海。他心想，他们一定会来的。他想象着人们乘风破浪，前来援救。帕兹肯定会主动来搜救。克鲁兹兄弟也会来。也许安吉尔会打开手机。他将第一个上船，他知道在哪里能找到我们。

他一边对赫克托大喊，一边指着海岸。

"别担心，他们会来救我们的！克鲁兹兄弟一定会来的！他们都是大好人。他们只要能找到安吉尔，就可以知道在哪里能找到我们！只有他知道我藏在哪里。"

赫克托的眼神是那么悲伤，那么沉重，一个人只有从远处注视着自己的生活，却没有能力发出警告时，才有这样的神情。然而，当玻利瓦尔大喊大叫的时候，赫克托却抬起了头，惊恐地眯起了眼睛。他伸出手，抓住了玻利瓦尔的手臂。

他喊道："你说只有他知道我们在哪里，这是什么意思？别人不知道我们在哪里吗？没有GPS什么的吗？"

一个浪头打来，玻利瓦尔连忙俯下身，赫克托的身影在海水的冲刷下变得模糊。玻利瓦尔用手腕擦了擦眯起的眼睛，来来回回地看着船上，从座位上滑了下来。赫克托见到玻利瓦尔把汽油罐扔出船外，惊讶得张大了嘴。然后，玻利瓦尔走向冷藏柜，抓起一条小蓝鳍金枪鱼扔进海里。他对赫克托怒吼：

"我们现在吃水太深了。快，把船里的东西都扔掉。"

赫克托好像僵住了，无法动弹。他惊恐地看着玻利瓦尔哈哈笑着把一条鲨鱼扔到海里。

"他们会来找我们的，走着瞧吧！我自己也救过别人。很多很多次了。你在海上多待了几天，回去就要准备烧烤招待别人。到时候，买酒的钱我一个人出。"

玻利瓦尔身上的每块骨头都呼喊着要睡觉。他闭了闭眼睛，想赶走刺痛感。他强迫自己的视线停留在永恒的黄昏上，但除了即将到来的夜晚，他什么也看不见。经历了整整一天的暴风雨，又一直把水从船中舀出去，他已经耗尽了力气。他把剩下的钓线断成两截，在船的两边各系上一半，把钓线和鱼漂一起抛入海中，作为压舱物。

现在他把头靠在胳膊上，闭起眼睛休息。这时，他突然想到了冷藏柜。他抬起头，盯着冷藏柜看了一会儿后挺直身子，咆哮着叫赫克托过来帮忙。

赫克托却不肯看他。

玻利瓦尔用身体抵住沉重的冷藏柜。他又对赫克托咆哮起来，最后，年轻人终于爬向他。他们一起抬起冷藏柜，把它翻过来。玻利瓦尔爬了进去，大声叫赫克托也进去。

在海水的冲击下，他们两个在冷藏柜里紧贴在一起。赫克托的手肘顶着玻利瓦尔的脸，玻利瓦尔用双手捧着自己的头。赫克托不停地向上帝祈祷，乞求保护，请求宽恕，他双手绞在一起，合掌祈祷着。

一种命运降临的感觉包围了玻利瓦尔。

他心想，原来结局是这样的。

他爬到外面拼命地舀水，然后爬回冷藏柜。他感觉胳膊和腿都很疲惫，感受着即将来临的数小时的空虚黑夜。他时而在狂风呼啸的黑暗中移动着，什么也看不见，时而和赫克托一起躺在冷藏柜里。这时玻利瓦尔笑了起来。

他心想，如果把赫克托换成罗莎就好了。

玻利瓦尔感觉自己像是睡着了，可他明明就没有入睡。或者说，他既是在睡觉，但也不是在睡觉。他也许睡着了，但他的身体在听。他的身体听着，几乎像是在看。他的感官都很敏锐，小渔船有任何动静，他都能注意到。他知道，要是换成一艘较大的船，他们现在可能早就船毁人亡了。然而，这种小渔船就像昆虫一样成功地扛过了每一次巨浪。他不时地从冷藏柜里爬出来，弓着背，拖着沉重的手臂在黑暗中向外舀水。他只靠快要熄灭的头灯照亮。他有种越来越强烈的感觉，那就是风暴减弱了。他明白风暴的真正含义在于它所揭示的东西，混乱呈现其自身的方式就是让肉眼看不到的东西变得有形。他没有把他认识到的现实告诉赫克托：东北风把他们吹到了很远的地方。这里肯定是深入太平洋一百英里的远海了。没人会到这么远的地方来救他们。

梦中一片死寂。玻利瓦尔醒来后，对一切都感觉很清晰。水拍打着小渔船。天依然没有亮。他呼吸着冷藏柜里海水的咸味和鱼腥味。两天两夜以来，他一直从心里的某个黑暗囚室里观察着自己的生活。每一个等待的瞬间都是永恒。他有时从那个黑暗囚室中爬出来舀水，有时打盹儿。现在，他能听到赫克托在他的怀里呼呼大睡。

玻利瓦尔从冷藏柜里爬出来，必须强撑着，眼皮才不会向下耷拉。

太阳升入虚空之中。

小渔船现在吃水很深，船里的水没过了他的脚踝。舀水桶还拴在船尾。在玻利瓦尔身后，赫克托爬出了冷藏柜，像是脊背折断了一样。赫克托的身体仿佛萎缩了，脸色发灰，眼睛下面有一片乌青，还有些浮肿。他还看不见，不停地用拳头揉眼。玻利瓦尔缩成一团坐在那里，不停眨着眼睛。他们沉默了很长一段时间。

然后，玻利瓦尔低声说了些什么，他的声音有些颤抖。赫克托试图把目光集中在玻利瓦尔身上。他皱了皱眉头，又开始揉眼睛。

玻利瓦尔饶有兴味地用指关节敲打着小渔船。

他说："这东西是不可摧毁的。"

他身体前倾，指着赫克托左眼上方一块暗红色的瘀伤。

他说："你的头怎么了？"

然后他拍了拍船壳，大声笑了起来。

看起来赫克托像是正强迫自己的眼睛直视玻利瓦尔那张笑眯眯的嘴巴、古铜色的牙齿和伸出来的舌头。玻利瓦尔再次拍了拍手，惊讶地望着冷藏柜。然后他转过身，看到赫克托眼中现出惊恐的神情。年轻人爬起来，转过身，注视着平静的大海。这个世界完美到了极点。

玻利瓦尔从他两腿之间的水中捞起无线电对讲机。他用大拇指按下按钮，凝视着空白的屏幕。然后他把对讲机在膝盖上狠砸了两下。GPS的屏幕也是一片空白。他把这两台电子设备放在座位上，盯着它们的塑料外壳，里面的电子生命已经死亡，按钮都无法使用了。

舱底的小水泵坏了。他静静地舀了一会儿水，赫克托半扭着头看着他，长长的双臂垂放在腿上。他的姿态变得苍老，仿佛在回顾充满仇恨和曲折的生命过程。然后他横躺在座位上晒干身体，脚踝处有一道深红色的镰刀状伤口。

玻利瓦尔停了一会儿，不再舀水，而是端详起了年轻人。年轻人不时唉声叹气，他的一只手臂垂着，一边膝盖耸起。

他心想，赫克托这人思想有问题，思想总是反对做事。我们就剩下半口气了，他却还是这么没用。

汽油罐，装食物和衣服的塑料袋……反正很多东西都丢了。绑着压舱物的钓线断了。玻利瓦尔数了数，只剩下八个鱼漂可以用来盛水。他找到一把八英寸长的取鱼内脏的刀和一把扳手。他看到他的表停了。他从两个座位下面抽出一块四英尺长的木板，用来清除螺旋桨前的碎片。他们只有一桶五加仑的水。玻利瓦尔打开瓶盖，看了看里面。他们都琢磨着对方一口能喝多少水。

玻利瓦尔咕哝了一声，把发动机的金属罩放在甲板上，弯下腰检查动力头。过了一会儿，他摇了摇脑袋，抬起头来。

　　他说："我想可能是燃油泵出了问题，要不就是有海水进入了燃料导管，一般情况下问题就出在这两个地方。但我不确定。你不可能预料到会有这么多事同时发生。我简直不敢相信。"

　　赫克托转过身来，盯着玻利瓦尔，只见他向后一靠，张开腿和手臂，就像在海滨上无所事事一样，他的膝盖上放着扳手，他的脸上露出了微笑。他身体前倾，松开脚趾间的什么东西。

　　就在这时，赫克托尖叫着冲向玻利瓦尔，把他从座位上撞下来，一把抓起扳手，号叫着猛砸发动机，玻利瓦尔躺在甲板上吃惊地看着这一幕。他看到一个引擎部件旋转着飞到空中，又掉了下去。他不能移动，直到他听到内心有个声音喊他立即采取行动，思想越过怀疑进入了他的身体。他发现自己将赫克托扑倒。他掐住年轻人的喉咙，拖着他走了起来。赫克托发出一声呜咽，像是喘不过气了，然后举起手，把扳手扔到了海里。玻利瓦尔把他仰面推倒在甲板上，骑坐在他身上。当玻利瓦尔看到风暴之灵在赫克托的眼中沸腾时，他的愤怒顿时平息了。赫克托那双肿胀的眼眨也不眨，露出狂怒和仇恨。

玻利瓦尔清了清嗓子，低声说道：

"我现在就该杀了你。"

赫克托的嘴角形成了一抹嘲弄的微笑：

"我已经被你害得只剩下半条命了，胖玻。"

第二章

时间仿佛定格了一样。这一天过得无比漫长。他们坐在阳光下，如同被囚禁了一般。两个人都不说话，他们之间的沉默逐渐加深。玻利瓦尔吸着舌头，慢慢地从冷藏柜探出头来。深切的疲惫在他的体内扩散。他的身体发沉，眼睛无力地注视着大海。他就这么看着，看着，直到天空和大海似乎变平了，成为一体。他闭上眼睛又睁开。很快，天空和海洋再次开始变平，逐渐靠近。颜色和空间现在合并成一个单一的垂直平面。

他能感觉到那个垂直平面在逼近。

他闭上眼睛，告诉自己那只是一种幻觉，是大海的诡计。他想知道为什么现在这种事会发生在自己身上。你当渔夫多少年了？你可不是赫克托那样的菜鸟。

他注视着赫克托。年轻人弓着背坐在船首，背对着他，双手在摆弄着什么。玻利瓦尔从冷藏柜继续向外探身，悄无声息地向前移动，但赫克托仿佛能感觉到玻利瓦尔投来的目光，他转过身来，把正在摆弄的东西拿开。

玻利瓦尔闭着眼睛坐着，倾听着大海的声音。当他睁开眼睛时，他试着教自己的头脑看清大海的本来面目。阳光在水面上起了皱，引金鱼在船边清澈的水里快速地游过。

他抬眼望向地平线，但是水和天空再一次开始相遇交汇，他的眼睛现在被他看到的一切牢牢吸引住了：一面只有一种颜色的墙正在接近，这堵墙越来越高，他似乎被困在了一个洞的底部，这就仿佛一座单一色彩的监狱在他身边高高耸立，延伸向无穷。

玻利瓦尔不愿再看海面。他在冷藏柜里一坐就是好几个小时，用手捂着眼睛，不去看眼前骇人的景象：阴影在船体上爬行，黑暗逐渐合拢。然后他抬起头。北极星挂在空中，他还看到了凸月。世界又回到了过去。就在这时，他看到了赫克托手中发出微光的手机。年轻人似乎在翻看照片。在这里，他的手机根本派不上用场。

玻利瓦尔爬出冷藏柜，拖着软弱无力的脚向赫克托走去。他踩到了一颗从马达上脱落的螺丝，号叫着抓住自己的脚。赫克托动了动，转了个身，把手机塞进了口袋。他从布满黑眼圈的眼角，警惕地瞥了玻利瓦尔一眼。

玻利瓦尔拿着螺丝爬回了冷藏柜。他揉搓着脚，假装啃指甲。他滚动着螺丝，不禁想起了那把扳手。

他再次爬出来的时候，屏住了呼吸，弓着背，他的脚踩在甲板上，没有发出半点声音。赫克托听到的时候，为时已晚，玻利瓦尔伸手越过年轻人，一把抢走了手机。赫克托转过身，从座位上站起来，伸出一只手，他的喉咙里咕噜咕噜的，像是被打断的抽泣声。

玻利瓦尔说："跟你的爱人说再见吧。"

大海张开了一张幽黑的嘴巴，吞掉了手机。

他们挤在冷藏柜里取暖。赫克托拒绝和玻利瓦尔说话，只是急切地轻声恳求上帝的庇佑。他一次又一次地变换姿势，一会儿扭向这边，一会儿扭向那边，双膝在下巴下方扭动着。他试图去抓一些够不到的地方，玻利瓦尔推他，用胳膊肘抵着他，低声咒骂不停。

他想象自己在喝啤酒。麦芽酒滑过他的舌头，他靠在吧台上和安吉尔聊天，安吉尔听了他的话哈哈大笑：

"说了你都不信。他像个小屁孩，一直哭哭啼啼的……"

有个很重的东西擦过船体。

赫克托迅速向前探身。

他低声说："怎么回事？"

玻利瓦尔说："没什么，可能是鲨鱼。谁知道呢。"

他注意到赫克托一动不动地坐着。他仔细聆听着，琢磨着是什么活物从小渔船边经过。那个会呼吸的生物消失在夜色中。黑夜也不能解释如何让通达的心灵得到休息。

玻利瓦尔坐在那里听着。他能听到年轻人充满疲惫的呼吸。赫克托很快就睡着了，还打起了呼噜，玻利瓦尔却怎么也睡不着。赫克托的呼吸声钻进了他的耳朵，最后他大吼一声，用胳膊肘撞了一下年轻人的肋部。

赫克托惊醒过来。

"嘿，小子。你怎么打呼噜跟打雷似的？这里可不是你家的床。"

他们醒来时，眼前是一片寂静的深蓝色。这是一个没有答案的世界。赫克托伸手去拿水瓶。玻利瓦尔用一只手抓住他的手腕，阻止了他。玻利瓦尔指着鱼漂说："递给我两个杯子。"他往每个杯子里都倒了一点水，说："喝之前在嘴里放一点盐。"他看着赫克托，就像父亲看着孩子用两只手捧着杯子喝水。

玻利瓦尔坐在那里盯着水瓶。他心想，这些水只够喝三四天，那之后我们就有麻烦了。他想象着水耗尽后将会是什么样子，每个水手都害怕这种事。到时候，内心将屈服于大海的低吟。他用手蘸了蘸杯里的水。水流过嘴唇，用盐来满足口渴，却只会让焦渴的感觉深入血液，逐渐加深，直到你再次蘸杯子里的水……

他把一些干盐放在舌头上，把杯子举到唇边，看到赫克托在看着自己。他让水在嘴里停留了一会儿，才咽下去。

他咬着嘴唇。

盐巴刺痛了他嘴上干裂的口子。

时光流逝，空虚感逐渐加深。赫克托跳了起来，指着东方。"快看那里。"他喊道。玻利瓦尔揉了揉膝盖，爬了出来，活动了一下上半身。他们的目光久久定格在一架在琥珀色阳光下飞翔的轻型飞机上，那架飞机就如同从火焰中迸发出的火花。玻利瓦尔放下一直遮在眼睛上方的手，紧紧抓住赫克托的肩膀。

他说："那架飞机是在找我们。"

赫克托挣脱了他的手。

玻利瓦尔打量着飞机与他们之间的距离。太远了，可能有十英里。他声嘶力竭地呼喊着，喊得两颊通红。

但是，飞机飞走了。

玻利瓦尔猛扑向赫克托，抓住他的手臂。

他说："你怎么了？你为什么不挥挥手，你怎么不喊？"

赫克托挣脱开他，坐了下来，耸了耸肩。

"有什么用呢？"他说，"这艘船太小了，飞机离得那么远，根本看不见。"

玻利瓦尔开始用拳头揉眼睛。当他低头看年轻人时，他的眼睛发红充血，眯成了一条缝，眼神里写满了轻蔑。他一眨不眨地盯着赫克托瘦骨嶙峋的身体，赫克托瘫坐在座位上，一头长发遮住了他的脸。然后，玻利瓦尔双手抱着头，叹了口气。

"听着。"他说，"我不是说现在的情况不糟糕，但他们在找我们。我们一定可以得救的。这是事实。搜救这事儿是有程序的，什么协议呀，规矩呀，都是要遵守的，海岸警卫队出动了，那架飞机也出动了，这种事，你见过几次？阿图罗的人会放下一切，不停地搜救。我自己也救过人，救过很多很多次。我们去年救回了梅莫和赫尔曼。想想吧。和我们一样，他们的发动机也坏了。他们在海上漂了四天。梅莫吃完了饼干，都打算放弃了。告诉你吧，明晚我们就能到海滨了。喝啤酒。你那个女朋友，你叫她什么来着？"

"卢克雷齐娅。"

"是的，她会等你的。想想她会为你做些什么吧。啊哈！他们将测量风速和水流的速度，计算出我们会漂出多远。所以，打起精神来吧，好吗？我们能撑过去的。在此期间，我们可以试着抓鱼来吃。"

赫克托的脸皱了起来。他把头发从眼前拨开，他的目光扫过小渔船。

他说："用什么捕鱼？你真是个混蛋，胖玻。"

玻利瓦尔看到年轻人的眼睛里闪烁着叛逆的光芒。

他又摇了摇头。

玻利瓦尔说："你怎么老是这样？你没有灵魂吗？你想让我们死吗？"

赫克托捂着脸，哭了起来。当他抬起头来的时候，他久久地望着玻利瓦尔，眼神十分恳切。

他说："听着，玻利瓦尔，发动机的事我很抱歉。"

玻利瓦尔耸了耸肩："没关系，反正也坏了。"

他们沉默下来。然后，玻利瓦尔搓了搓手，说话了："要是能快点回去，就算要割掉我的两只耳朵，我也乐意。我要是回不去，阿图罗就会派别人和安吉尔一起出海。他这个当老板的心狠着呢。我要失业了。"

赫克托说："我也要回去，不然的话，就看不成足球比赛的附加赛了。"

赫克托在黑夜里醒来，有些惊慌失措。他抓住玻利瓦尔的手腕，尖叫着从冷藏柜里跳了出来。

"我瞎了。"他喊道，"我看不见了。他们永远也找不到我们了。"

玻利瓦尔从睡梦中清醒过来。他伸手去抓赫克托，从后面抓住了年轻人，他能感觉到赫克托在呼哧呼哧喘着气。思想的风暴传遍全身，眼盲和搜索的恐惧穿过血液，赫克托将双手伸向船的边缘，试图从玻利瓦尔的手中挣脱出来。

玻利瓦尔紧紧抓住年轻人，直到赫克托平静下来。

他凝视着月亮应该在的地方。

"听着。"他说，"月亮就在那里，在云的后面，你可以看到月亮的。现在月亮不太圆。北极星在那片云的后面。再过几小时天就亮了。"

他说服赫克托坐进冷藏柜里。

他和年轻人坐在一起，聆听着年轻人那可以折射出内心想法的粗重呼吸。心灵的暴风，如何在黑暗中盲目地移动。

在赫克托入睡后，玻利瓦尔想起了自己惊醒前做的梦。在梦中，他站在父母的房子前，问了他们一些问题，他们却只是站在那里，背对着他。

这些天，他们一直在等待。他们的眼睛一直在寻找，看海上是否出现船只。他们仰望天空，等待下雨。他们看着飞机像彗星一样从远处掠过。他们一连几小时看着一艘船，那艘船的船身是红色的，在水面上动也不动。玻利瓦尔又是挥手，又是把手握成杯状放在嘴边大叫。赫克托侧目而视，他半蹲半站，双手紧握着船舷。然后他的肩膀垂了下来，声音变得很低。

"那只是一艘船的残骸。"

后来，玻利瓦尔说："我们是在向西漂流，每小时漂一到两海里，每天大约二十五英里。"

海浪推动着小渔船，海浪时缓时急，让小渔船稍稍转向，推动着小渔船继续向前漂浮。

他们看着东方渐渐消失在视线中。西方辽阔而寂静。

他们挪动了一下冷藏柜，使开口朝北。他们白天躲在里面躲避阳光，两人抱着膝盖坐着，几乎一丝不挂。每个人都在吮吸着干燥的舌头。他们的皮肤很快就变得干燥皲裂。由于摄入过多的盐，他们的毛发变得浓密起来。

赫克托面无表情地坐在那里，双手闲着，舌头慢慢地舔着牙齿。玻利瓦尔坐在那里，用取鱼内脏的刀把发动机拆开。过了很长一段时间后，他从化油器上拆下了一个扼流环。他说："不知道能不能用这东西做个钩子。"然后他摸了摸一个弹簧，"也许这个效果更好。也许不会。当然，我们需要一些勇气。"

玻利瓦尔注视着阳光一成不变地洒在海面上。晚上，他探身向清澈如镜的水面，瞧着海浪和游动的鱼群。他看到了像是穿着大黄蜂外套的引金鱼。引金鱼在船壳边捕食。他伸手抓鱼，却被鱼咬破了手指。随着一声大叫，他终于把一条鱼扔进了船里。鱼眼珠凸出，流露出深不可测的神色。切鱼的时候，他手指上的血流到了鱼身上，刀很贪婪，他的手指抓扯着鱼肉，他的嘴吸着鱼的汁液。赫克托拒绝吃生鱼。他说一看到生鱼就恶心。玻利瓦尔盯着年轻人，慢慢地摇着头说："我从没见过不喜欢吃生鱼的人。大家都喜欢生鱼。"

他拿起一只鱼眼，像吃甜食一样把它吸进了嘴里，开始咀嚼，他瞧见赫克托厌恶地转过身去。他把一些鱼肉放在马达的金属罩上。

"把鱼肉放在太阳下晒干一点，你会吃吗？"

赫克托转过身，看着玻利瓦尔把鱼洗干净，而且没有去掉鱼皮。玻利瓦尔把肉切成条，放在金属罩上。赫克托端详着鱼肉，嘴巴里充满了酸味，然后，他耸了耸肩。

"也许吧。"

玻利瓦尔注视着海天一色的世界，将自己的思绪送入海洋深处。他让自己的思想遇见从小渔船下方闪过的黑影，那些黑影是鲨鱼、剑鱼、金枪鱼，以及其他不知名的生物。一天的大部分时间里，他都在凝视海水深处一个巨大的影子，仿佛那影子是他自己的思想的折射，是他不愿说出来的心事，比如他们的水快没了，看天气就知道未来几天都不会下雨，他的思考速度正在放缓。他再也无法计算时间了。

他想，他们在海上并没有漂浮多长时间，但是，昨天的事情可能是在今天或者仅仅是一小时前发生的。在这里，时间以惯常的方式玩着把戏，或者，时间不再是时间。

玻利瓦尔仰头望着天，微微一笑。

他说："很快就要下雨了。我能感觉到。"

一阵微风吹来，玻利瓦尔把赫克托的毛衣系在栏杆上。有那么一会儿，风吹进毛衣里面，毛衣鼓起来后就像一面骷髅旗。

后来，毛衣掉了，就再也没有升起。

玻利瓦尔笑着拍了拍膝盖。

他说："等他们找到我们，绝对不会相信我们还活着。"

他说完转过身，凝视着永恒的大海。

一阵恐怖的低语飘入他的耳朵。

"他们现在在这片海洋里，永远都要在这片海洋里。"

玻利瓦尔醒来后见到眼前出现了彩色的光，冷藏柜后面还传来咝咝啦啦的怪声。他强迫自己忘掉刚才在梦里喝下的清水，爬出了冷藏柜，只见赫克托俯身向船身。年轻人听到玻利瓦尔打哈欠，就转过身来。咝咝啦啦的怪声戛然而止。

天有点冷，玻利瓦尔的目光停留在海面上。有一个闪闪发亮的东西在动，可能是一艘船，或是远方的信号灯，甚至可能是一块垃圾。那个闪亮的东西停留在海水的边缘，在清晨的光线下泛着金色。他在想，在这样的光线下，要是从他的小屋门口看去，这个世界会是什么样子。他斜靠在船边，观察着箭鱼。他转过身来想说话，这才看到了赫克托对船体所做的一切。

玻利瓦尔向年轻人走过去，用一根手指指着他。

"怎么回事？"

赫克托无动于衷地耸了耸肩。

玻利瓦尔弯下身来，看到船被刮出了六条鱼骨线条。再过一天，赫克托就能在上面横向刮一道线了。

玻利瓦尔气急，知道一场争吵在所难免，他甚至感到了一丝快感。他走到赫克托面前，用手指戳了他一下。

"你在干什么？嘿？"

赫克托耸了耸肩，但没有说话。

"我们又不是在监狱里。"

玻利瓦尔靠得更近了。

"嘿！我跟你说话的时候，你应该看着我。今天或明天，我们就能获救。最迟后天。这是事实。在此期间，不要在我的船上再做标记了。"

他揉搓着自己因为喊叫而生疼的喉咙。他的嘴里没有唾液。他拿起刀，开始刮掉那些记号。

赫克托站在那里，慢慢地眨着眼睛。他坐下来，看着玻利瓦尔用刀刮着船体。玻利瓦尔咒骂着，转身看到赫克托的嘴角挂着微笑，然后，那个微笑消失了。

太阳照射在小渔船上。他们坐在冷藏柜里，赫克托张着嘴。玻利瓦尔盯着自己的双手看。他合上手又松开。他的身体现在已经变得迟缓。他的精神非常紧绷。他闭上眼睛，可以看到血液在自己的体内凝结。浓稠的血液让手指失去了灵活。他再次合上又张开双手。这双手仍希望找些事做。

他摆弄着那个五加仑的空桶，然后爬出冷藏柜，小心翼翼地把桶放在船尾座位的下面。

赫克托坐在那里，拉着自己的脸颊，上颈部的皮肤紧绷着，短小的下巴张着，仿佛随时准备大喊大叫。但是他很沉默。

玻利瓦尔坐回冷藏柜里，侧目端详着年轻人。他觉得年轻人的头骨似乎变长了，四肢也变长了。仅仅是过了几天，他就像是变了一个人。

夜幕降临，一架喷气式飞机飞过远处的天空。

玻利瓦尔把身体探出小渔船，寻找小鱼。他凝望着一群鱼游过的影子。这时候，在六英尺开外，水里出现了一阵骚动。他看到一只背鳍浮出水面后不久就消失了。过了一会儿，背鳍再次浮出水面，在伸手可及的地方闪闪发光。他不假思索地伸出手，抓住那只背鳍，跟着咆哮着把一条小锤头鲨拖出水面六英寸。玻利瓦尔咆哮着喊赫克托过来帮忙，锤头鲨的腮骨张开，镰刀状的尾巴划破了海面。玻利瓦尔又叫年轻人来帮忙，但鲨鱼从他的手中滑出，掉进了海里。

玻利瓦尔凝视着大海。

然后，他转向赫克托。

他喊道："你为什么不帮忙？"

他双手叉腰，走向赫克托。

赫克托没有看他。

玻利瓦尔怒吼："我说，你怎么了？"

赫克托转过身，用力地挤压着双手，看上去就像打算从指骨里拧出水来。

他说："我不知道，我就是不知道。"

玻利瓦尔凝视着年轻人的脸。

然后他转过身，在船里来回踱步，感觉刚才发生的一切在他体内移动。背鳍凭空出现，随即消失不见。虚无中存在着各种可能性。他心想，有些东西可以凭空出现。的确如此。

他再次转向赫克托。

"听着，现实就是这样，不是别的样子，也不是你想要的样子。现实就是现实，不可能换一番情景。你明白吗？"

赫克托注视着玻利瓦尔的眼睛，点了点头。

"如果你不理解，那么很快情况就又变了。你得从梦里醒过来了。"

他们看着海洋垃圾从他们够不到的地方漂过。那些垃圾有着不同的颜色，但无从分辨具体是什么。一个看起来像汽车轮胎的东西漂浮在缠结的网和线之中。赫克托的内心似乎被唤醒了。他站在那里，一只脚轻轻地踩在船边，好像准备跳入水中，但玻利瓦尔抓住他的胳膊肘把他拉了回来。

玻利瓦尔说："这儿到处都是鲨鱼。你不能冒这个险。"

后来有一个塑料袋被冲到小渔船边，赫克托把它捞了上来。他在里面发现了一个塑料发动机风扇、一些铜线和一个可以洗干净的机油瓶。当天，他用木板又捞上了一块三英尺长的泡沫塑料。他扯下塑料上的藤壶，挑出一只根部还在扭动的黄色藤壶。

玻利瓦尔数了数。

他说："留一半明天吃。"

他们仔细地咀嚼着每一只软体动物。

吃完，玻利瓦尔开始检查铜线。

"要是能剥掉塑料，也许可以用来钓鱼。你觉得怎么样？"

赫克托伸出手。"让我看看。"

玻利瓦尔拿起泡沫塑料，把脚支在上面，指着大海。

他说："这片海就像一个超市。"

海水变得模糊不清。海浪越来越大，小渔船随着波涛起起伏伏。水中夹杂着远处的风暴散发的能量。他们看到西北方向的地平线变得模糊起来。玻利瓦尔指着海鸟，先是出现了一只海鸥，然后，有两只管鼻鹱在浪尖俯冲进水里。他笑了起来。他说："肯定是要下雨了。"

赫克托整天注视着天空喃喃自语。他慢慢地把杯子和机油瓶收集起来，放在甲板上。他为自己祈福。他坐在那里拉着自己的脸，当他咬着脸颊内侧时，他喉咙处的肌腱绷紧了。

一弯残月出现在天空中，玻利瓦尔指着月亮。

"看啊。"他说，"月色这么苍白。古老的智慧认为这是一种征兆。"

他们品尝着远方的雨，看着闪电耀斑在如此遥远的地方闪烁着，仿佛它们属于另一个时代。一大清早，船壳就干透了。玻利瓦尔坐在那里，双臂抱怀，太阳穴缓慢地抽动着。赫克托在船上慢慢地爬着，他的舌头在寻找露水。然后他坐起来，身体前倾，拉着自己的脸。

太阳升起，水面显露出来，玻利瓦尔用被咬过的手去抓引金鱼。他现在不怎么说话，嘴巴里一点唾液也没有，脑子里一片空白。他轻轻地尖叫一声，把一条浅色的引金鱼拖进船里。一颗血珠滴落在船体上，赫克托死死盯着那滴血，他的眼睛研究着血中含有的水分。

玻利瓦尔把鱼切成几份。他们坐在冷藏柜里，从鱼肉里吸出汁液。

吃完，玻利瓦尔站起来，拿起他在水里找到的一个塑料可口可乐瓶子。他往里面挤了几滴尿，闭上眼睛，把瓶子举到嘴边。

他说："喝自己的尿能怎么样呢。尝起来有点咸，但喝了尿，你就能活下去。"

赫克托的嘴巴张开又闭上，仿佛他产生了某个想法，却不知道该用哪些语言来将其表达出来。

玻利瓦尔打量着年轻人的脸。他心想，他的头骨越来越长了，他的眼睛正在失去活力。我可不想被人救起的时候是这副模样。

赫克托坐在那里看着天空。

他低声说："我很冷。"

一股绳子粗细的飞机航迹云在天际渐渐散开，消失不见。

晚上，玻利瓦尔梦见自己口很渴，而水在他够不到的地方。他拿着一个空杯子走来走去。干燥在全身蔓延，他的肉体在枯萎，骨头在慢慢烤焦，血液变成了粉末。他梦见自己突然惊醒过来，面前是一片漆黑的大海。他在梦里恐惧的是世界正在远离他。然后一个声音响起。那是一个简单的声音，听起来像他的父亲。那声音是这样说的：

"你是个渔夫。那是一个简单的信仰。大海充满了奇迹。"

赫克托说："我一直在做一个梦，在梦里，我不停地跑。我跑啊跑啊。"

玻利瓦尔转身看着赫克托，发现他睡着了。玻利瓦尔摇晃着年轻人，但是赫克托没有动。

他打了自己一耳光。

小心，他心想，你就快失控了。

玻利瓦尔从海里捞上了一块白色的塑料布。那东西因为年代久远都起皱发黄了。赫克托把塑料布折起来，在爬出冷藏柜后把它放在头上。他坐在那里整理海洋垃圾。玻利瓦尔从冷藏柜里探出头来，看着年轻人扭着电线。他可以看到赫克托的肩膀晒伤了。一条"石头小路"横在水面上，那是通向头骨的脊椎骨。

后来，赫克托站起来，脸上挂着高兴的神情。玻利瓦尔凝视着一个用金属丝和塑料制成的小雕像，还不时眨两下眼睛。那张面无表情的脸是用汽车风扇做成的。帆布条做成了头巾。铁丝绕了几圈，就成了两只手。

玻利瓦尔说："这是什么，巫术？"

他拿着可口可乐瓶子又喝了一口，被里面的液体灼痛了嘴唇，不禁龇牙咧嘴。他皱起了眉头。

玻利瓦尔说："你应该把那根电线拆掉。"

赫克托想说话，他的目光却呆滞地落在大海上。当他说话时，似乎不是对玻利瓦尔，而是对着大海，他的声音很轻。他的眼睛望着大海，仿佛在恳求它倾听。

赫克托说："在我小时候，我们常去看我的祖父利托。他在南方有一小块地。有时一连好几个礼拜都不下雨。他就让妈妈抱着圣母玛利亚的雕像去玉米地，他自己就祈求雨水落在他的田里，但不要落在路对面邻居的田里。有时，他的祈祷会成真。"

玻利瓦尔凝视着雕像，金属丝缠绕成了一双哀求的手。他凝视着赫克托那写满祈求的脸。

赫克托说："我们可以请求圣母玛利亚的庇佑。"

玻利瓦尔的嘴里发出一阵笑声。他摇了摇头，用手捧住脑袋。当他再次抬起头时，他看到赫克托的眼睛眯成了一条缝，嘴巴形成了一抹冷笑。

玻利瓦尔说："太阳都把你的脑子烤干了。"

赫克托说："你懂什么？"

玻利瓦尔看到了年轻人的眼神，牢牢注视着他的眼睛。

玻利瓦尔说："你是对的。我这辈子什么都不懂。我只是一个渔夫。但我要告诉你一件事。要这里不下雨，除非太阳从西边出来。这里经常下雨。这是事实，是一定会发生的事。乌云随时会形成。我能感觉到。"

也许只过了一天。

玻利瓦尔用黑色的眼睛注视着天空。赫克托陷入了一种恍惚的状态。他的嘴嘟着，不停地抽搐着。然后，赫克托向前倾身，圣母像从他的膝盖上掉了下去，他没有把手从冷藏柜里拿出来就摔倒了。他躺在那里，直到玻利瓦尔把他拉起来，并扇了他一耳光。

玻利瓦尔说："嘿！清醒一点。你可以做到的。"

过了一会儿，他说："你想赌多少？"

他摇晃了一下赫克托。

"我敢打赌今晚会下雨，谁赢了谁就第一个吸三口引金鱼的汁液。"

赫克托坐在那里，仿佛与外界切断了联系，脸上如同戴着面具。

在西方的水面上，黑暗从光明中蔓延开来。玻利瓦尔身体前倾坐在那里。他拉了拉赫克托的胳膊。

他说："嘿，醒醒！你肯定不相信。变天了。"

赫克托睁开眼睛，但没有抬头。

玻利瓦尔紧握着赫克托的手臂。

他心想，该来的总会来的，不该来的，你再怎么求也没有用。

即使是在睡梦中，玻利瓦尔的耳朵也一直在聆听。玻利瓦尔坐了起来。他爬出冷藏柜，竖起耳朵，盯着黑暗。

雨忽然落在海面上，海水在咆哮。玻利瓦尔从半睡半醒中醒来，抓住赫克托的手臂，把他从冷藏柜里拉了出来。他们倒在甲板上，黎明温暖的雨水落进他们的嘴里。雨水滋润着他们的嘴唇、牙齿、舌头，他们的舌头舔掉嘴唇上的水，吮吸着牙齿。玻利瓦尔看到赫克托在哭，他想自己可能也在哭。这很难说，他心想，也许只是脸上的雨水而已。一阵狂喜的啜泣从他的口中冒了出来。

他看着年轻人跪下，双手摆出祈祷的姿势，眼睛紧闭着，嘴巴无声地嚅动着，感谢这一切。赫克托把雕像拉到胸前。

玻利瓦尔喊道："你现在看见了吧？我们真的可以撑下去的。"

他跳起舞来，抓住赫克托的肩膀，把他搂在怀里。年轻人脸上露出了信任的表情。

雨下了一整天。他们两个人面色苍白，坐在外面，看着杯子接满雨水。玻利瓦尔感觉着水流经自己的血管，血液流经心脏和肌肉，唾液滋润了舌头。他们边喝边看着杯子慢慢地接满雨水。杯子接满了水，他们就把杯里的水倒入五加仑容器中，当容器满了的时候，他们就将里面的水倒入舀水桶中。小渔船在汹涌的海浪中颠簸，水摇晃着涌到桶的边缘。赫克托试图稳住舀水桶。

玻利瓦尔把桶放在塑料布上，这样水就不会再洒了。他用塑料布包住桶口。他们盯着水桶，盯着杯子里越积越多的水。每一滴水都经过嘴唇，装满杯子，填满水桶，每一滴水都是时间和生命的精华。

到了晚上，雨停了。大海再次平静下来，海浪从不间断，发出舒缓从容的声音。玻利瓦尔醒来，在甲板上走来走去。他盯着自己晒成古铜色的腿和大手，开始把自己想象成一头悲哀的困兽，肌肉里还有些发光的东西。他的眼睛转向这边又转向那边，双手空空如也。

他转向赫克托："来，把你的杯子给我。我们喝点水，开始这一天吧。依我看，我们剩下的水不少，足够我们撑到获救的那一天。会有拖网渔船或巨型集装箱船出现的。等着瞧吧。不久又要下雨了。我们的运气要来了。"

赫克托坐着的时候，既像是在打瞌睡，又像是在冥想，但他的眉头突然皱了起来。

他说："这不是运气。"

"啊？你在说什么？"

"你刚才说的。"

"我说什么了？"

"'我们的运气要来了。'"

"那又怎么样？"

"你看到我做了什么。"

"你做了什么？"

"你看到我祈祷了。"

玻利瓦尔呼出一口气，翻了个白眼："太阳把你的脑壳烤熟了。反正快要下雨了。"

赫克托站起来，抱起双臂，转过身去。

咝咝啦啦。咝咝啦啦。玻利瓦尔醒了，刮擦声随即停了下来。他凝视着半明半暗的光线。赫克托俯在船身上，年轻人知道有人在看着自己，便慢慢地向后一靠。有那么一会儿，每一个自我都注视着另一个影子自我，仿佛每一个自我都能看透对方的内心深处，那个梦的隐秘空间。

赫克托站起来，走到阳光下，淡淡的阳光照在海面上，他的身体沐浴在晨曦中。

他说："早上好，船长。"

他坐在船头，捧着一杯水小口喝着。

玻利瓦尔继续盯着赫克托，年轻人的唇上挂着一抹高深莫测的微笑。

玻利瓦尔叹了口气，说："我昨晚什么也没听到。我甚至都没做梦。"

当他说话时，一种感觉在内心升起，告诉他这不是真的。然后，他看到了梦中的情形。又是那个梦，梦中有他的父母，这个梦比以前的更糟：他们的房子烧成了平地，他的父母还活着，但是严重烧伤。他凝视着自己的内心，仿佛要找到这种恐惧的根源，却没有任何发现。

有那么一刻，他感到恐惧，害怕他在梦中看到的一切都是真的。

玻利瓦尔双手叉腰，继续盯着年轻人。赫克托的皮肤看起来像是烧焦了，身体慢慢地燃烧起来。他可以看到赫克托距离死亡是那么近，年轻人仍然是一个破碎的人物，他的皮肉已经生了疮。阳光照在年轻人的身体上，他的身体呼吸着。阳光缓缓落下，光线柔和地照在他的身上。就在那时，玻利瓦尔很想宽恕赫克托。他是活的，不是死的。我也活着。我们仍在坚持。也许这一切都是奇迹，谁知道呢。

玻利瓦尔静静地坐着，假装没有看到赫克托开始在船身的另一块地方标记时间。

已经过了两个礼拜了，每个礼拜都有一条线贯穿其中。船体上又多了三天的标志。

就在天黑前，赫克托大叫一声冲到船边。他的眼睛盯着漂浮在靛蓝水面上的一个发黄的塑料袋。玻利瓦尔从他的肩膀上方望过去。

玻利瓦尔说："我们可以用木板把袋子拖过来。"

他们在袋子里发现了空的颜料罐和一根竹搅棍，在干颜料的残渣下面有日本的表意文字。死螃蟹从袋子里掉到甲板上。

赫克托抓住一只蟹爪，将螃蟹提起来嗅了嗅。

玻利瓦尔说："谁知道这些螃蟹死了多久了。"

玻利瓦尔拿起竹搅棍，开始把末端削尖。完成后，他把它交给赫克托。

年轻人用憔悴的目光久久地凝视着玻利瓦尔。

玻利瓦尔的脸上缓缓地出现了笑容。

第二天，赫克托大叫一声，刺中了一条鱼。那条身上有黄绿色斑点的鱼在甲板上直扑腾。玻利瓦尔拍了拍手。"我不知道这是什么鱼。"他说，"看起来像一种鲭鱼。"当赫克托又叉住一条时，玻利瓦尔说："我们可以把鱼挂起来晒干。"

　　赫克托转向圣母像。他的眼睛里闪动着越来越亮的光泽。

　　玻利瓦尔心想，希望不过是一团小小的火焰。不时向里面添一点柴，我们就能活下去。

　　他说："关于你，我只知道你是你爸爸的儿子。你从不谈论自己。"

　　赫克托耸了耸肩："有什么好说的？"

　　"肯定有可以说的吧。"

　　"我不知道。你把我推到了现在这种境地，我还能说什么呢？"

　　"就说说你的女朋友吧。她长什么样？"

　　"我手机里有她的照片，可惜手机被你扔进海里了。"

　　玻利瓦尔把双手放在身前，张开手掌，他耸耸肩，仿佛在说"过去是过去，现在是现在"。他凝视着自己张开的双手。

"我只是想问问你。"他说。

赫克托的眉头皱了起来。

然后，年轻人说话了。

"听着，我不知道怎么回答你的问题。现在我每天都看着自己的一部分不再属于我。我的一部分在这里，我的其他部分却不在，而是在家里。我不知道如何解释这一点。现在，一部分的我在踢足球，另一部分的我与卢克雷齐娅在一起。我牵着她的手，看她喜欢看的电视节目，就是肥皂剧之类的。我的一部分一直在和父母争吵。我猜现在大约九点了，所以我在海滨上喝啤酒。我和一个冲浪的外国佬玩桌上足球、说英语。我在这里的那部分不在这里，而是在家里，所以我不是我。但那时的我也不是现在的我。我现在不是的那个人，其实是别人。但我不知道那个人是谁。在某些方面，他仍然是帕皮和米里亚姆的儿子，是拉斐尔和朱莉娅的兄弟，但在其他方面，他不是。这个我与另一个我不同。你明白我的意思吗？我都不确定我自己是否完全理解。不管我怎么看，我都既不在这里，也不在家里。我不是虚无的存在，但我什么也不是。所以我这也不是那也不是。这就是我的感觉。"

玻利瓦尔冲赫克托眨眼。

他试图理解这些话的意思，但它们变得越来越晦涩难懂。他试图看透年轻人的心，却只能看到骨头上的皮肤，以及眼睛周围的痛苦。

他开始用指关节敲自己的头。

玻利瓦尔大喊一声，放下竹竿，把手伸到船外。他从水里拉出了一只湿淋淋的绿海龟，这只海龟与他的胸部一样大。满脸皱纹的海龟凝视着他们，用它的鳍状肢比画着一些让人无法理解的想法。玻利瓦尔拿着刀忙活起来。他将海龟血倒入杯中，切开肉，发现海龟的胃里全是白色的塑料小球。他切开内脏，把肉分成几份，手捧着闪闪发光的肝脏。赫克托的脸厌恶地扭曲着，他转过身去，拒绝吃海龟的肝脏。玻利瓦尔把肝脏放在金属罩上，切成条，放进嘴里咀嚼，发出一声呻吟，说："味道好极了。"他喝了一口血，示意赫克托喝一些，但赫克托摇了摇头。赫克托拿起一小片生腿肉，带着厌恶的表情嚼着，然后他停下来，俯下身，把食物吐在手里。当赫克托抬起脸时，他在哭。

赫克托说："我吃不下生肉。"

玻利瓦尔接过食物，盯着赫克托看了很长一段时间。他笑了笑，拿起龟壳，假装那是一顶太阳帽，又假装是一把雨伞。赫克托咧嘴一笑，拿过龟壳，把它变成了一张定音鼓。

玻利瓦尔假装龟壳是一个大电话。

"喂？是的。我希望你能帮我接通电话。我想订购一箱啤酒和一艘救援船。是的，一小时之内就要。谢谢你！"

在这个时刻，整个世界都消失了。玻利瓦尔观察着，直到什么也看不见。他闭上了眼睛。他能看到自己站在加布里埃拉酒吧里，给罗莎和安吉尔讲故事。其他人都凑了过来。他能感觉到他的嘴里有一支大麻烟卷。一股烟被吸入他的肺里。他看到自己一边摆着手一边解释。他看见自己指着海滩。"你做什么，都不会对它有任何影响。我一直都知道，但你仍然是它的一部分。就像是鱼之于海，海之于鱼。"他拿起一杯冰啤酒，让麦芽酒的味道充满整个口腔，他还舔了舔牙齿。他把手放在罗莎的腰上，她向他靠近。"海洋是。你也是。但大海是永恒的，始终存在。"他睁开眼睛。他能感觉到赫克托在黑暗中对着自己发呆。赫克托的脸拉得老长。"身体的形状体现出了人想说的话。"他就是这么告诉安吉尔和罗莎的。"人的故事是通过身体来讲述的。"看着赫克托，你就知道他是谁。玻利瓦尔坐在黑暗中，研究着年轻人身体的印记。他试着感觉年轻人皮肤下的灵魂。他想到了赫克托抓鱼的事，想到年轻人内心升起的灵魂。此时此刻，在年轻人心中活着和成长的，是什么。"他的确不像你，安吉尔，但他还不赖。他不是什么害虫。他是我的朋友。"

远处黑暗的海面上有灯光在移动，那是一艘他们无法到达的轮船。

一连几天太阳高照，大海成了太阳的铁砧。赫克托坐在冷藏柜里，嚼着风干的海龟肉。有了水喝，他的嘴不再那么干涩。他说话的时候声音很轻。

"离圣诞节只有八天了。"

玻利瓦尔开始摇头。

他说："我简直无法相信。"

他又说："听着，我们一定会获救的。我知道。他们会驾船来。就像那天晚上经过的那艘船一样。"

"我不知道。你怎么知道？现在我们什么都不知道了。"

赫克托爬出冷藏柜，跪在圣母像面前。玻利瓦尔用手挡住海上的亮光，观察着年轻人。赫克托的肩膀已晒成古铜色，都晒伤了。一处溃疡像眼睛一样，往外流着脓水。

玻利瓦尔爬出来，把海水洒在最后一片海龟肝脏上。

赫克托转身看着玻利瓦尔。

他说："我想去游泳。"

"我也是。"

"我们可以试试。我游得还不错。就在船边游一游。"

"不行。你会把鲨鱼招来的。"

"该死的。我就要去。"

赫克托坚定地抓住船的边缘。

玻利瓦尔一下子抓住赫克托的手肘，但说话时声音很轻。

"别去，兄弟。"

玻利瓦尔用警告的眼光瞪着年轻人。大海在低语，年轻人的内心在他面前发生了变化，玻利瓦尔能看到他的眼睛变得冷酷起来。然后，赫克托点了点头。

他把手从船的边缘拿开。

"好吧。"他说，"好吧。"

玻利瓦尔笑了。

他说："听着，我们要在这里庆祝圣诞节了。这将是最盛大的庆祝。我们跳过午夜盛宴那个环节，在白天美餐一顿。一定会很难忘的。在未来的岁月里，你将一次次地提起这件事。等着瞧吧。"

雨水慢慢地填满了杯子。赫克托在睡梦中听到有东西撞到了小渔船。他爬出冷藏柜，在雨中眨了眨眼，适应眼前的黑暗。他走入月光下，小渔船上泛着一层淡淡的月光。就在这时，他看见了一个黑影。那个东西很圆，从船身旁边经过。他一把将其抓住，大声叫醒了玻利瓦尔。

他们在黑暗中拖着这个滴着水的东西。玻利瓦尔的手指被划破了，他咒骂不停。他把手指放在嘴边，品尝着鲜血的味道。

"要是个钩子就好了。"他说。

他们必须等到天亮才能知道捞上来的是什么。

在逐渐变亮的光线下，可以看到一堆杂乱的残骸，有旧的渔网和钓线、褪色的塑料瓶和塑料袋，还有数百只臭气熏天的死蟹。赫克托把手伸进残骸，先是挑出了一条缠结在一起的紧身裤袜，又解开了一个漂白了的无头玩偶。玻利瓦尔开始拉扯漂浮物。有些时候，大海似乎有无限的耐心，把一件东西嫁接到另一件东西上，大海慢慢地工作，直到所有的东西都合为一体。

赫克托露出了灿烂的笑容。他对玻利瓦尔说："这是上帝送来的礼物。"

整整一天，他们忙着割开和解开缠结的渔网。玻利瓦尔那粗壮的手指不停地工作着。他哼了一声，站起身来。"这事你做起来更出色。"他说。赫克托没有抬头。他微微倾斜着身子，眼睛一眨不眨地坐着。玻利瓦尔在甲板上走了一会儿，便开始用刀子割断渔线。他把这些钓线系在一起，成为一条新的钓线，又把钓线缠绕在木头上。他又把一个金属坠和一个由发动机弹簧做成的钩子系在钓线上。

赫克托默默无语地工作着，他的手指像螃蟹一样移动，太阳在他的身体周围转动，最后，他摊开一张临时做成的网。这张网伸展开后有船的一半长度，似乎有着各种色彩。玻利瓦尔抚摸着渔网。他不时地把结拉得更紧些。

赫克托说："还不算太糟。"

玻利瓦尔说："可以用。"

玻利瓦尔把网系在缆桩上，又从马达上取下一块金属，用卷结系在渔网上作为压重物。他再次测试了渔网是否结实。他们盯着它看了一会儿，就将网抛入了海中。他们几乎整晚无法入睡，轮流爬出冷藏柜测试渔网。他们睡着后，都梦到了那张网。

在半明半暗的光线中，玻利瓦尔大叫起来。一条银色的鲣鱼上钩了。赫克托俯身从冷藏柜里出来，把头发往后一拉，露出了笑容。他开始又叫又跳，摇晃着船，玻利瓦尔见状举起一只手，说："放轻松。"他解开钓线，看着鲣鱼在甲板上扑腾。赫克托弯下腰，戳了戳光滑的鱼皮和鱼鳍，又用手指摸了摸肥大的鱼肚。

玻利瓦尔将刀插入鱼肉中，切口喷出大量鲜血。他把手伸进鱼腹，取出心脏放在甲板上。他将血液倒入杯中，但鱼的心脏仍在反射性地跳动。玻利瓦尔用刀缓缓切开鱼肉，鱼的心脏仍在跳动。他们盯着这颗永远无法回到体内的心脏，看着它不停地跳动。

玻利瓦尔说："看看吧。即使身体死了，心还不放弃。"

玻利瓦尔凝视着大海，表示感谢。大海一直在给予，渔网发挥了自己的作用。一条金枪鱼被网住，又一条金枪鱼被网住，被捉住的还有其他种类的鱼。有一次，他们钓上了一条光滑的小虎鲨。还有一次，他们捉住了很多闪闪发光的鱼，它们好像是沙子做的。赫克托将一条鱼放在手掌上，用手指抚摸着鱼身。

玻利瓦尔把一块块鱼肉装进紧身裤袜，再把紧身裤袜挂起来风干。他们把鱼肉铺在金属罩上在阳光下慢慢烤熟。玻利瓦尔把钓线卷起来，发现临时做成的鱼钩不见了。他盯着大海看了一会儿，耸了耸肩，说："情况没那么糟。我们有吃不完的鱼。"海鸟开始围着小渔船盘旋。偶尔有一只鸟落在船舷上，玻利瓦尔就会把它赶走。

他坐在那里品尝完金枪鱼的汁液，又喝了一杯水，让水在嘴里停留了一会儿。他看着赫克托坐在那里，用修长的手指把食物放进嘴里，闭上嘴咀嚼。赫克托的眼睛里似乎有什么东西在发光。如同一团越烧越旺的火焰。

玻利瓦尔说："也许我们应该给她起个名字。"

"给谁？"

"这位女士啊。"

赫克托凝视着装满鱼的紧身裤袜。

玻利瓦尔用手抚摸着这位女士的腿。

"我想我恋爱了。"他说。

他拍了拍大腿，向后一靠，大笑起来。

跟着，他突然前倾，露出严肃的表情。

他说："说来也怪，但这很好，不是吗？我的意思是，现在的日子很简单。别的都不用干。我们正在努力坚持，等待救援。"

赫克托嚼完，慢慢地咽了下去。他说："你能习惯，真是不可思议。我们有足够的食物和水，足够撑上几个礼拜。我们还有躲避的地方。雨水也很多。大海非常慷慨。我真的认为我们可以支撑下去。我真的认为我们能坚持到船来救我们。"

玻利瓦尔点点头。

"是的。"他说，"我们会得救的。这是事实。"

晚上，趁赫克托睡着的时候，玻利瓦尔爬出冷藏柜，轻轻地摸了摸那位女士的腿，但是他的身体没有任何反应。

玻利瓦尔望着茫茫大海，这片水域无边无际。他的眼睛总是盼望能看到有船经过，小船、拖网渔船、巨轮，什么都可以。

他心想，除了等待，人生还有什么。

他闭上眼睛听着。

总是等待着被等待的事情。但如果你已经拥有了分配给你的一切了呢？

他看着波涛翻涌，一浪接着一浪，携带着传递的能量，海洋的生和死都夹在海浪之中。

他不时感到一种无声的喜悦。一种感觉开始说话。小渔船上的生活并没有那么糟糕。在这里，万物第一次消失了。内心的压力，身体对女人的渴望，生活中的痛苦和问题，这些通通都不见了。他开始想象那些在海上失踪的人。那些他认识或听说过的人：瘦子马丁和大猫弗朗西斯科，路易斯·费尔南多，兔唇马努埃尔，老弗兰克，还有他们的祖先。也许他们根本没有失踪，而是一直像这样活着，漂流数年，直至年迈，他们越漂越远，却依然活着，靠雨水和鱼维持生命。也许正是这样。也许他们都还活着。

第三章

"简直不敢相信今天就是圣诞节了。"赫克托说。他不相信地摇了摇头，把圣母像放在座位上，闭上眼睛开始祈祷。当他睁开眼睛时，他的目光茫然地停留在大海上。他又摇了摇头。他开口说话，但声音听起来很遥远。

他念叨着若是他们在家中，昨晚都会做什么。

玻利瓦尔转身遥望地平线。他看到了这一天是如何开始的，太阳升入天空，大海一切如故。他心想，今天可能是圣诞节，但也可能不是。

他转过身来，打量赫克托，从年轻人的眼睛里，他看到年轻人在他家人的幻影之间走来走去。

玻利瓦尔跳起来，双手合十。他咧嘴一笑，眼睛周围起了皱纹。

"听着。"他说，"今天将是一个最伟大的圣诞节。我们要准备一顿好吃的。平常有的，我们有，我们还会有一些特别的食物。等着瞧吧。你知道三个牧羊人的故事吗？等着听我的版本吧。那会是有史以来最有趣的故事。"

玻利瓦尔从船尾座位下面拿出了一个东西。他说："这是我为你做的。"赫克托盯着一张用浮木刻出的脸。他眯起眼睛笑了起来。他的笑容是那么灿烂。

赫克托站在那里，看着那张木雕的脸，把它举到胸前。

"太完美了。"他说。

然后他的表情垮了下来，看起来很难过。

"我没有给你做礼物。"

玻利瓦尔倒了双倍的水。他拿出了新鲜的藤壶，又拿出晒干的金枪鱼肉条和两天前捕捉到的小海豚鱼肉条。他在有些发臭的鲨鱼肉上方挥了挥手。"捏住你的鼻子。"他说，"这样就可以假装它是别的东西。"玻利瓦尔搓搓手，闭上眼睛，用舌头舔着嘴唇，尽情地吃着。赫克托慢慢地咀嚼着食物。他闭着眼睛吃着，好像把全部注意力都集中在上面了。

他们唱了一些他们都熟悉的歌，玻利瓦尔讲了几个故事："这可是我的亲身经历，你肯定不相信。"

后来，赫克托指着玻利瓦尔的手臂。"你那褪色的文身，是一个女人的名字吗？"他说。

玻利瓦尔看了一会儿自己前臂上褪色的青色文身，他似乎已经很久没有注意到它了。他用一根食指沿着皮肤摩挲着，耸了耸肩。

他说："的确是一个女人的名字，仅此而已。"

赫克托说："哪个女人？她怎么了？"

玻利瓦尔探身向前，哈哈大笑。

"她很好。她是我女儿的母亲。也许这正是她的不幸。"

"你有孩子了？"

就在那时，玻利瓦尔的笑容消失了。

他说："是的。也许应该说我以前是有的。我真的说不清。我确实有个女儿。也许我现在依然有这个女儿。不管怎样，她都不认识我。我想这意味着我不能算有孩子。也许可以说，我有个女儿，但她没有父亲。是的，可能是这样。"

玻利瓦尔见到赫克托扬起眉毛，身体微微前倾，嘴巴也张着，就知道他有问题想问。

玻利瓦尔举起一只张开的手掌。

"听着，伙计，我不想再聊下去了，想到这事我的脑袋就痛。"

"到目前为止，今天是最好的一天。"赫克托说。他舒舒服服地待在冷藏柜里，试着伸出一只胳膊，扭动一边的肩膀。玻利瓦尔把海藻盖到脖子上。赫克托本想说话，但没有说出来，玻利瓦尔仍然感觉年轻人的心中有一个没有问出口的问题。你应该什么也不说，他心想。这又不关他的事。什么也不要告诉他。

赫克托说："卢克雷齐娅……我想知道她在做什么。她有没有想我。也许她想了，也许没有。也许现在她和他在一起。"

"他是谁？"

"另一个男人。自从被困在海上以来，我一直觉得她肯定和那个男人在一起。我无法阻止这些想法。它们一直在我的脑子里打转儿。告诉你吧，她是我的一块心病。说实话，我不知道我是否真的喜欢她。我喜欢和她在一起，但她不在的时候，我就会忘记她。告诉我这是为什么？为什么我会这样？告诉我，一个女孩不愿意和你亲热，这正常吗？有时候我觉得我会疯掉。她从来不让我进她的卧室。我们坐着看电视，每当我想做点什么时，她就会把我的手拍开。她连一根手指头都不让我碰。她说她还没有准备好，说这是一种罪恶。她说她来例假了。她找各种各样的借口。有时候我真的觉得我要疯了。我总是梦见这件事。即使我的身体现在不感兴趣，可以后怎么办呢？她一直让我等，她说什么你必须等，赫克托。但等什么呢？我一直都搞不懂。有时我认为她在说谎。她就是为了那个叫奥克塔维奥的家伙。他比我大四岁。我见过他。他是个焊工还是什么的。有一次她父母不在家，我看见他从她家走出来。我就去问她是怎么回事。她说：'他是来给我哥哥送东西的。'但那家伙和她哥哥根本不熟。她的解释说不通。还有一次，我看到他们一起坐在车里，奥克塔维奥的车。那之后好几天，我什么也没做，总是想象他的手摸遍了她的全身。她竟然允许他这么做。我对她说：'我跟你完了，我知道你是个什么样的人。'但她一脸震惊，对我说：'我只是搭他的车去奶奶家而已。你脑袋有问题，我可没有错。也许我们不应该再见面了。'然后我就疯了，更想见到她。她就是一切的答案。"

玻利瓦尔沉默了一会儿，说："我不知道，赫克托，也许你得小心点。要我说，无风又怎么会起浪。你明白我的意思吗？女人很狡猾，男人也一样。如果你问我，我会说我们都是没用的人。"

赫克托说："我很想告诉她，你让我们等了太久，现在已经太晚了。这就是你造成的结果。至少我可以牢牢记得这件事，当作一个教训。"

他们一动不动地躺在冷藏柜里，都没有睡着。玻利瓦尔叹口气，说了起来：

"听着，我不是一直住在海滨的。在此之前我过着完全不同的生活。是的，我有个小女儿。但除此之外，也没什么好说的了。"

他不再说话，坐在那里，回忆起了曾经的生活。

他睁开眼睛，注视着水面上颤动的月光。

他尽量不去想。

他心想，不要告诉他。

他说："听着，我来自另一个地方，但我不想谈这个。我有段时间很想念我的家乡，但后来我开始忘记了。这样活得比较容易。你可以教会自己这么做。每个人都有权改变自己的生活。这并不罕见。有时候这是最好的。是的，我结过一次婚，也许到现在那段婚姻关系还没有解除。也许已经解除了。谁知道呢。说不定那个看起来像被闪电击中的小个子主教宣告那段婚姻无效了。还有可能她以为我死了，就改嫁了，那她现在就重婚了，谁知道呢。如果她听说我出海没回去，一定会认为我死了。一想到这件事我就伤心。是的，我有一个女儿。我离开了她。不，不是这样的。我不得不离开。是的，我不得不丢下她。这是我必须做出的选择，不是这样就是那样。她叫亚历克莎。这名字是我给她起的。我这样叫她，是因为当我第一次看到她的时候，她看起来就像一个叫亚历克莎的姑娘。这种感觉很难解释。你只有抱着自己的孩子才能知道。"

他在黑暗中伸出一只手。

"我离开她的时候她才这么高。"

"她现在在哪里？你为什么离开？"

"不要问我这么多问题。我累了。现在都半夜了。这是漫长的一天。最美好的圣诞节。听着，我不知道答案是什么。在生活中，你总会做一些事情。我只知道这些。"

当赫克托的声音在黑暗中传来时，玻利瓦尔都快睡着了。

"她和他在一起了。她肯定和他在一起了。"

玻利瓦尔清了清嗓子说："你怎么能确定呢？"

"她一定很高兴我失踪了。"

"听着，你什么都不可能知道。你在这里，能知道什么？什么都没有。不可能的。告诉你吧，对很多人来说，你被卷入大海是件大事。对我来说，没有多少人会在意。为了你，你的家人将会祈祷一个又一个礼拜，永远不会停止。将会有连续九天的祷告，她也会为你祈祷的。她每天晚上都会跪在床前，双手合十祈求上帝。她会后悔没和你亲热。她会请求上帝允许她和你亲热，只要你能回来。如果她对你做了什么错事，她会感到内疚的。她会责怪自己。她会认为你是无辜的。她马上就会甩了那个家伙。事情一定会这样发展。这种事我见多了。"

"他现在可以对她为所欲为了。"

"别再瞎琢磨了。你会把自己逼疯的。来，吃点鱼。"

赫克托沉默了，然后叹了口气：

"也许你是对的，玻利瓦尔。你真是个好朋友。"

他们看着太阳滑入大海，一艘集装箱船消失在远方。

玻利瓦尔一开始并没有注意到，但后来他还是发现了。他不再根据太阳计时了。他的头脑迟钝了。现在，时间不再是时间。时间不再流逝，而是静止了。他就是这么想的。日子一天天过去，时间过得很快。还有时，他认为时间在没有他的情况下流逝，时间从他的头顶上、他周围或身下流逝，却没有从他的内心走过。他试图分析出其中的逻辑，时间就像某种巨大的东西，对所有的思想、行动或话语都不负责。时间的流逝将你隔绝在外，但它还在继续流逝，并将永远流逝。他打量着赫克托，想确认时间是否也对他产生了同样的影响。

接下来的日子里，他体会到了一种高涨的幸福。那是一种来自可能性和自由的感觉，每一个燃烧的黎明都会唤起这种感觉。在这个时候，从灰烬中重生的世界再次出现。他们看着地球用绚丽的色彩重塑自己，就会惊讶地安静下来。这样的天空似乎从来没有人见过。玻利瓦尔和赫克托之间有一种越来越浓重的平静，那也是一种理解。他们开始了解对方的真实情况，而每个人都无力改变自己的真实处境。一个人内心的想法在如此广阔的天地里就显得微不足道了。然而，心使愿望流血。赫克托总是注视着大海。每一道闪光都会落入他的眼中。但是，现在玻利瓦尔的眼睛闭上的时间越来越长。他告诉自己，这样的感觉会一直存在。还有什么别的需要吗？吃，睡，做简单的工作。现在我们才是真正地活着。

赫克托说："我昨晚梦见自己躺在家里的床上。梦里是早晨，该起床了。但当我离开我的房间，我看到房子是空的。它已经空了很长一段时间。我的父母走了，我的兄弟姐妹走了，一切都蒙上了一层灰尘。在梦里，他们都死了很多年了，而这一切都发生在我不在的时候。我穿过空房子。然后我醒了。你说这个梦意味着什么？我担心家里出了问题。"

玻利瓦尔说："我一直做一个梦，梦见我在埋葬很多尸体。我在镇子后面的山上，我去海边住以前，一直都居住在镇里。在梦里，我在测量一个坟墓的大小。我怎么测量呢，我躺在地上，用一根棍子在我的身体周围做标记。我想我明白了这个梦的含义。但当我醒来望着大海时，我发现我在大海里简直就是微不足道的，任何东西比起大海，都小得可怜，根本无法辨认。"

赫克托说："我觉得这听起来像一个愚蠢的梦。"

即便是在熟睡中，玻利瓦尔的身体依然能感知到天气的变化。他在冷藏柜里独自醒来。噬噬啦啦。噬噬啦啦。他探出身子，看见笼罩在阴影中的赫克托正俯身向船壳。玻利瓦尔仔细看了年轻人一会儿，嘟嘟囔囔地爬了出来。他注视着弥漫在天地间的阴郁气氛。大海变成了铅灰色。

他从船尾座位下拿出从海里捞上来的塑料袋，把袋子弄平，用刀小心地切成条。然后，他把带子编成绳子，又把一些鱼肠从一团残骸中解开，把肠子和绳子绑在一起，在薄膜上剪出一个洞，把绳子绕过去。做好这些，他将绳子系在冷藏柜上，打了个结。

"嘿，看看这个。"他大喊。

赫克托抬起头，看见玻利瓦尔拍打着一个门口。

狂风呼呼地刮着，一刻也不停歇，他们冻得瑟瑟发抖。白天犹如古老的雨夜。倾盆大雨从门口吹进来，玻利瓦尔试图抓住门口。他们浑身都湿透了，挤在海藻毯下，牙齿咯咯作响，他们的皮肤都变得灰白且起皱。赫克托把圣母像放在自己的腿上。他很安静，行动迟缓，几乎整晚都醒着。他每动一次，他的手肘就会碰到玻利瓦尔的肋骨。他挪动两腿，交叉双臂抱怀。现在他的呼吸有些急促。他开始一动不动，用锐利的目光盯着塑料布看了一天，就像试图看穿它一样。他开始低声说一些难以听懂的话。他一遍又一遍地低声耳语，最后，玻利瓦尔只好大声叫他住口。

赫克托大声说了出来：

"我知道她在做什么了。"

玻利瓦尔探身过去："你说谁？"

"卢克雷齐娅。她和他在一起。"

"和谁在一起？"

"奥克塔维奥。"

玻利瓦尔长叹一声，捏了捏自己的手。

"听着，"他说，"你不能再这样下去了。你不可能知道她在做什么。我们在这里，就跟瞎子一样，什么都不可能知道。"

"不。要知道很容易。"

"怎么知道？"

"今天是礼拜六。"

"今天怎么会是礼拜六？在这里，根本分不清日期。"

"我一直在记录日期。今天肯定是礼拜六。别问我是怎么知道的。现在是下午。这个时间她通常和我在一起。我们会一起看电视、比赛，或者一些无聊的节目。就是她喜欢的肥皂剧。但现在我在这里，他却在那里。"

"但是你怎么知道呢？"

"很简单，玻利瓦尔。她的父母这个时候会出门购物。她无事可做，就看电视消磨时间。但是她有个奇怪的习惯，她不喜欢一个人看电视，喜欢有人陪她看。所以她会邀请他去她家。他将把车停在街上较远的地方。很容易就能猜到的。他会走进她家，和她一起看电视。但他不会老实太久。他会坐下来，摆弄着扶手上的褶边。他会揪狗毛，弄得地毯上都是狗毛。然后他会对她说：'我们去你的房间吧。'她会说：'我看完节目再说。'他会等一会儿，再说：'节目结束了，我们去吧。'她会看一眼前门，静静地听有没有父母回来的汽车声。他会说：'他们要等一会儿才回来呢。'她会看奥克塔维奥的脸，看他的手，她会想这双手抚摸她的身体是什么感觉。这个时候，她就会把他带到她的房间。他们现在就在那里。"

在赫克托说话的时候，玻利瓦尔一直在仔细打量他。即使在这昏暗的光线下，他也能看到赫克托那双眼睛沉浸在痛苦的幻想中。他看到赫克托的眼睛将他内心所见到的东西投射到了塑料布上，还将他的心所相信的东西投射到了塑料布上。

玻利瓦尔摇摇年轻人的手臂。

他说："这不可能是真的。你没有办法知道的。"

赫克托用手掌把玻利瓦尔推开。

"不要告诉我什么是真的，什么是假的。"

"来，吃点东西吧。"

"我不饿。"

玻利瓦尔摇了摇头，爬出去查看接雨水的杯子。杯子都快满了。他把水倒进桶里后握紧拳头站了一会儿。回去时，他还在生气。

"听着，"他说，"家里人还在想你呢。现在他们每天都在祈祷你能回去。我可以向你保证，她也是。你要这样想。你得往好处想。你看起来不太好。听听你的呼吸声。你需要营养。给你，吃一块。"

赫克托没有回答，继续盯着塑料布。

过了一会儿，赫克托开了口，他的声音听来很遥远。

"她在和他亲热。"

　　玻利瓦尔爬到外面，检查杯子，感觉到暖风吹在他的皮肤上。天地间最早出现的光显露出来。经常都是这样的，就如同融化的颜色缓慢倾倒。此时此刻，你能感觉到时间的流逝，仿佛世界正在形成。他伸开四肢，听着大海的声音，渐渐相信自己能听到远古的低语。他一直在想着亚历克莎。她像影子一样在他的心里移动。她现在是什么样？他转过身来，静静地打量着像孩子一样蜷缩在冷藏柜里的赫克托，他的一只手放在嘴上。他俯下身去研究赫克托的脸。他的目光扫过赫克托那紧锁的眉头，眼皮因为梦中的情形而颤动着。

　　他内心一个苍老的声音问道："赫克托这个名字是什么意思？"

　　他每天都会产生这种让他感到奇怪的想法。说话的总是一个苍老的声音。

　　他心想，赫克托也是别人的孩子。

　　一连几天，玻利瓦尔都在观察年轻人，他细细端详的，不是赫克托那细长的胳膊和腿，也不是他那闷闷不乐的样子。他想要看到的是年轻人的内心世界。也许是要看清赫克托的本质，他内心生命力的标志。玻利瓦尔认为，年轻人活着的意志，与其他人活着的意志是一致的。他看见赫克托在他的家人之间走来走去。他说话，做简单的手势，点头，微笑，皱眉，漠不关心地耸肩。想做这件或那件事，不想做某件事，拒绝，在房间里坐在家人中间。他的意志在与他人的意志相遇时，他的每一个行动或无为都是他与家人的纽带。

他认为这就是赫克托的人生意义的来源。生命的力量是没有人关注、注意和质疑的意志，是这世界的意志。

但他的意志就在这里。

他的意志已经显现。

他不确定自己是否理解这一点，也不知道这意味着什么。

他摇了摇头。

为什么他在这里没有意义？

玻利瓦尔开始审视自己的生活。他曾经也和家人生活在一起。

他想到自己是怎样一点点离开了家庭、女儿，以及他所认识的所有人，让他自己的生命中出现了一片空白。

他心想，你偏离了你的人生意义。

亚历克莎的眼睛。他可以看到她的眼睛注视着他曾经待过的地方。

他第一次为自己的孩子感到悲伤，他能感觉到她将终生背负的哀痛。

他的母亲和父亲注视着他曾经居住的地方。

他闭上眼睛想，我都做过什么？也许现在去做一些事，还不太晚。

有一个词在他的脑海里回荡。

爸爸。

他内心的某种东西苏醒了。他开始用炽热的眼神望着大海。他坐在那里，开始想象自己以后的人生，他可以看到自己离开海滨，回到家中。浪子回头，追悔莫及。

他用拳头捂着眼睛，轻轻啜泣起来。

赫克托看着他，不知道该怎么办。他把手搭在同伴的肩上，以示安慰。

他说："没关系，玻利瓦尔。给你，吃点这个吧。你不像以前那么胖了。"

晚上，玻利瓦尔听到赫克托也哭了。

无形的悲伤弥漫在他们之间。

玻利瓦尔说："痛苦是一条狗，无论你走到哪里，它都会跟着你。"

他用手腕擦了擦眼睛，振作起来。

"我们真像一对老婆婆。"他说，"不要再哭了，会消耗水分的。"

玻利瓦尔站起来，来回走了走，又坐了下来。他很想说说心里话。他直视赫克托的眼睛，都没有眨一下。

他说："我现在每天晚上都梦见我的女儿。她现在长成什么样子了？我梦见我留下的那片空白。她今年好像有十四岁了。"

他沉默下来。

然后他说："还是不要再说了。"

后来，玻利瓦尔说："听着，这种事多得很。你和一个女人有了一个孩子，但你们的关系并不好。你们之间有问题。女人想用自己的头脑拥有一个男人，但是爱已经离开了她的身体。这个男人发现自己被拒之门外。这种情况发生在很多男人身上。不，不是这样的。听着，我离开是因为那个女人。她变了。她变得只对孩子感兴趣。我再也没有存在感了。她忽视我，觉得这样就能控制我还没有消失的感情。我活不下去了。而且，她睡着了会打呼噜。她的鼾声太响了，常常吵得我脑袋疼。我再也受不了了。我开始失眠，只好去另一个房间睡觉。然后，我开始在别处睡觉。我认识了一个寡妇。她还很年轻。她的床上还有地方。后来的一天，我就走了。就是这么简单。请不要那样看着我。不要指望我知道我为什么会做出这些事。我只是一个渔夫。"

后来，玻利瓦尔说："没有事情可做，没有工作可找。这么说来，为他们办事，也是说得通的，仅此而已。我说的是那个大集团。看看他们是什么样子。他们有钱，你知道的。汽车，女人，安逸的生活，所有美好的事物，都属于他们。你看看这个社会，看看它是如何被操纵来对付你的。这个社会不想让你活下去。我的一个朋友就在那个集团里混。今天他还是个小人物，可第二天他就有钱有势了。他开始过上美好的生活。他吩咐我做一些事。都是小事情。'为我做这件事，玻利瓦尔。'他说，'都不是什么大事。留意某个地方。开吉普车送个人。去看看某个地方的办公场所。有个人没付钱，你去打他一顿。你会习惯的。'然后我开始在晚上和他们一起出去。我见了很多的世面。我们去了山上。有一天晚上，我看到了一件事。他们让我去做那件事。就在那时，一种不好的感觉开始向我袭来。我能感觉到那就像一种慢性毒药进入了我的血液，开始侵蚀我的骨头。我再也睡不着了。我不敢正视自己的眼睛。当你和他们在一起的时候，你怎么能成为你自己呢？你不再是你。你已经成为他们了。所以你怎么能说'不'呢？你已经答应了他们。你说'是'，它的意思就是'是'。你说'不'，它的意思也是'是'。你说'也许'，它的意思还是'是'。你保持沉默，它的意思仍然是'是'。如果你死了，那是因为他们答应了你可以死。摆在你面前的只有'是'。然而，我内心深处知道，我必须说'不'，即使这个'不'字并不存在。我去了一个没人能找到我的地方。我是步行去的，走了许多个日日夜夜。我一遍又一遍地对自己说，我是'不'，而不是'是'！我每走一步都说一个'不'，直到我来到海滨，身上除了衣服什么都没有，可能还有点钱。但是，我可以在海滨过简单的生活。一个男人和一条船，是的，这是简单的生活，非常好，一点也不复杂，不会发生让你做噩梦的事，也没有什么事搅得你晚上睡不着。每一天都很简单。你只会面对一个选择，那就是到底要不要出海捕鱼？这种生活方式适合我。这就是我离开的原因。"

赫克托在黑暗中向前倾身，低声问道："山上发生了什么？"

玻利瓦尔沉默了一会儿才开口。

"别问我这个。"

赫克托不睡觉。但睡着后，他会看到很多幻象，不由得浑身颤抖，他在睡梦中动来动去，好像醒了一样。他咕哝着，咳嗽着，扭动着身子。在半明半暗的光线下，赫克托会突然爬出冷藏柜，在船上走来走去。他回来抓住玻利瓦尔的手臂，用犀利的目光注视着玻利瓦尔。

他说："我想我快要疯了。我一次又一次地做着同样的梦。我梦见我在这艘小渔船上。然后我醒来，发现我还在这艘船上。每次遇到这种情况，我就喘不上气。我只好出去，在船上走来走去，直到我能再次呼吸。有时我做同样的梦，却醒不过来。在梦中，我很恐慌，很想醒过来。我在梦里就知道，当我醒来的时候，一切都会好起来的。有时我能想一些事情，来让自己醒过来。但是当我醒来的时候，我看到我还在船上，我正在进入另一个和以前一样的梦。每到这个时候，我就觉得惊慌失措。然后我醒了，但我不再知道什么是现实了。我好像看过这样的电影。根本就是无路可逃。"

后来，赫克托说："告诉我，玻利瓦尔，为什么上帝会如此残忍地让你做这样的梦？不让你活着，也不让你死去？告诉我，上帝为什么要这样做？"

"我不知道，赫克托。我怎么知道？我不知道这些问题的答案。你得问问神父什么的。我们在哪里可以找到神父？"

玻利瓦尔好像笑了一下。

玻利瓦尔爬出冷藏柜去查看接雨水的杯子。五加仑的容器和桶都满了。他用一个杯子喝了点水，把杯子递给赫克托。

"给你，喝点吧。"

赫克托默默地接过杯子。

他说："告诉我，玻利瓦尔，是谁在做梦？"

赫克托转过身来，盯着玻利瓦尔，但似乎没有看见他。赫克托的皮肤是灰黄色的。

玻利瓦尔开始用拳头揉自己的眼窝，把如同电线一样的胡子拉了拉，又扭了扭。

玻利瓦尔说："这是什么问题？"

赫克托说："我看着我自己的生活，我却不在自己的生活里。所以我确定这一定是个梦。在我看来，只有这么解释才说得通。但我不明白的是，是我在做梦，还是上帝在做梦？也许是魔鬼在做梦。在这种情况下，根本没有区别。但如果我在做梦，那我肯定能醒过来。问题是，我该怎么做？如果这个梦是上帝做的，那我就醒不了。这取决于他。"

玻利瓦尔听着赫克托讲，一时间停止了呼吸。他的表情变得十分阴郁。他的眼里写满了困惑和忧虑。

"我不明白你。这怎么会是一个梦？我在这里。听着……"

他身体前倾，捏了捏赫克托的前臂。

年轻人把手臂抽了回来。

"看到了吧。你是醒着的。"

赫克托面无表情地点了点头。

他说："是的，但这并不能证明什么。"

后来，赫克托说："也许我还没准备好醒来。"

"这就是她和他在一起的原因。我必须忍受痛苦，直到他决定叫醒我。我想我现在明白了。我这是在赎罪。"

他爬出冷藏柜，一阵风吹起了他脸上的头发。他转向玻利瓦尔，后者跟着他出了冷藏柜，现在正用悲伤而警觉的目光看着他。赫克托点了点头。

他说："如果这是我的梦，我可以做我喜欢的事。如果这是上帝的梦，我也可以做我喜欢的事，因为在他决定让我醒来之前，我是绝对不会醒的。"

赫克托站在雨中注视着这个世界，脸上浮现出难以捉摸的表情。

他说："我会让她知道的。我一定会让她永远忘不了我。"

就在这时，他发出了一声奇怪而深沉的笑声。

玻利瓦尔感到全身在发抖。

玻利瓦尔心想，这个笑里藏着什么想法，笑的人眼里写着什么情绪？

大海不再在意他们的渔网。一连好几天都没有鱼上钩。玻利瓦尔拉起网来，赫克托梳理渔网，重新打结。玻利瓦尔一直注视着一只在他们头顶盘旋的管鼻鹱。他发现那只鸟多次出现在风干的鱼肉上方。他不停地把鸟赶走，那只鸟用黑色的眼睛看着他，好像它什么也看不见。他琢磨着自己在鸟的眼里是什么，或者不是什么。他凝视着赫克托的眼睛。他感觉现在年轻人身上发生了一些变化。他想知道赫克托在想什么，没想什么。他凝视着赫克托的眼睛，看到赫克托的眼白逐渐变黄。

玻利瓦尔在睡梦中认识到自己需要跑步。他梦见自己的腿不能动了。当他醒来时，他不可避免地感觉自己的身体发沉。他心想，这么久了，你一直坐着。你像个老头。你想以这副样子回去吗？你必须保持健康。你必须锻炼肌肉。那样的话，任何事就都难不倒你了。

赫克托在睡梦中扭动身体，喃喃自语。

玻利瓦尔开始迈着沉重的步子走来走去。远方的天空像是有火焰在燃烧。他沉重的双腿似乎也在燃烧。他慢慢地拍着冷藏柜。火焰进入了他的心脏和肺……

随着黎明开始照亮小渔船，他慢慢地来到了海滨。他跑过树林，呼吸着阳光的气味。黎明的曙光照在呼吸着的绿色植物上。

他心想，我们要去加布里埃拉酒吧喝一杯，看看有谁在那里。

他的呼吸有一些粗重。他能半闭着眼睛跑。树林后面的潟湖很安全。这条路他走起来很稳。他向酒吧跑去，但很快他就气喘吁吁了。他停了下来，紧紧抓住船舷。他睁开眼睛。就在这时，他看到赫克托用座椅的下边缘在船体上刻下的时间记录。这些划痕很整齐，很难看清楚。他皱起眉头，靠近一些，数了起来。

他听到自己在喃喃自语："不可能的。"

他开始扯自己的头发。

他又数了一遍，然后找到刀子，将那些刻线都刮掉。

他坐着，在心里重复着时间。

他抬起头问："怎么会这样？"

已经有七十三天了。

玻利瓦尔坐在那里取出一条金枪鱼的内脏，这是几天来他们从碧波荡漾的大海里捉上来的第一条鱼。赫克托斜着身子，贪婪地看着船舷外，大叫起来。玻利瓦尔眯着眼睛顺着赫克托伸出的手指看过去。他看到了一个黄色的塑料桶。就在这时，赫克托爬上船舷，没说一声就潜入了水中。玻利瓦尔倒抽了一口气，他伸出双手，看到年轻人游了起来。他感到一阵恶心。他想大喊，却被窒息感包围了。他身体前倾，双手抓住船舷。

时间缓慢地流逝着。赫克托勾着手臂，不慌不忙地游着。玻利瓦尔一直注视着每一寸水面。最后，年轻人抓住塑料桶，将桶压在身下，又笑又叫。玻利瓦尔终于找回了自己的声音，他咆哮着："当心点！"

赫克托开始带着塑料桶往回游。

他的前进速度很慢，毕竟他要一边推着桶，一边踢着长腿。

他游累了便停下，靠在塑料桶上休息。玻利瓦尔看着赫克托转身，仰面踩水。年轻人望着天空，修长的四肢摊开，仿佛他突然回到了海滨，正懒洋洋地躺在浅滩上。玻利瓦尔拉着自己的头发，爬上船尾的座位，呼喊着催促赫克托快回来。这时，年轻人动了动，游了起来，他修长的四肢疲惫不堪，身体十分沉重。

玻利瓦尔用双手把桶拉进船里，由着赫克托自己上船。年轻人伫立在阳光下，呼哧呼哧地喘着粗气，已经筋疲力尽。他那湿漉漉的身体上覆盖着一层阳光。他用那双泛黄的眼睛死死地盯着玻利瓦尔，然后仰起头大笑起来。依然是那种奇怪而深沉的笑声。

玻利瓦尔说不出话，转身背对着赫克托。

玻利瓦尔开始检查塑料桶，揭开盖子，深深地闻了闻。

他说："闻起来像食用油。我估计这个桶可以盛五十加仑的水。"

赫克托走到桶前，向桶里看。

就在这时，玻利瓦尔抓住年轻人的手腕，与他对视。

玻利瓦尔说："不要再这样对我了。"

赫克托注视着玻利瓦尔的眼睛，他那发黄的眼睛在瘦削的身体上散发着光芒，他湿漉漉的头发贴在骨骼突出的脸上。他甩开玻利瓦尔的手，转过身，平躺在座位上晾干身体，一条腿弓起，左手耷拉着，头发也向下垂着。

赫克托的眼白完全变黄了。他开始肆无忌惮地下水游泳。黄昏时分，他跃入海水中凉快一下，完全不顾玻利瓦尔的哀求。

"你这么做是不对的。你会没命的。要是只剩下我一个人该怎么办？"

后来，玻利瓦尔抬起头，平静地指着一群游动的小鱼。

鱼鳍浮出水面。

玻利瓦尔看着年轻人没有回头看，而是坐在那里，瞪着饿狼般的黄眼睛，带着若有所思的神情搜寻着内心的想法。

风里有一种令人不安的气味。玻利瓦尔端详着海水和天空，注视着东方的灰色越来越浓重。他们将渔网拖进船里，发现三分之一的渔网不见了。玻利瓦尔闭上眼睛数了数。六天只捕了一条鱼。他们尽其所能修补渔网，然后把网放回水里。

他们忙活完，赫克托就跳进了大海，如同一个欢快的影子分开了黄昏的海水。

玻利瓦尔握紧拳头看着赫克托，直到再也看不见他。玻利瓦尔站在船头的座位上，凝视着炽热的阳光洒在水面上，一点点变冷，他极目远眺，却不见赫克托，也没有什么风景可以欣赏。刹那间，他感觉赫克托根本就不存在，这一切都是他的梦。他揪着自己的头发，闭上眼睛，咆哮了起来。他挥舞着粗壮的手臂，走向船的边缘准备跳入水中，但他的腿就是不肯移动。他看了看自己的腿，拍了拍大腿，爬下去后颓然坐下。

他说："不可能是真的。不可能发生这种事的。"

他拍打着大腿侧面。

"你是个胆小鬼。他不是。

"也许吧。他虽然不是懦夫，但是个傻瓜。

"是的。你不是傻瓜。"

就在这时，他身后的水面开始翻腾。他转过身，只见赫克托正从船的背阴面爬上来。赫克托的胸部都凹陷了，手里拿着刀和一些藤壶。年轻人走过来，表情很平静。在傍晚的阳光下，他那发黄的皮肤显得更黄了。他用两只手把身上的水抹掉。

赫克托说："游泳对我有好处。"

玻利瓦尔凶巴巴地盯着赫克托，但年轻人平静地转身走开了。

黑暗吞没了大海。玻利瓦尔注视着天空，小渔船随着海浪起起伏伏，他脸上流露出了阴郁的神情。他搔着自己的脖子，甚至挠破了皮。他转过身，从船舷取下骷髅旗，扔给赫克托。"穿上你的毛衣。"他说。他把最后一点放在连裤袜里的鱼肉解开，放进冷藏柜。他把杯子和他们的东西都收集起来，放入塑料袋后把袋子系在座位下的挂钩上。他把黄色水桶的盖子拧紧，又去拉上网系在桩上。赫克托跪在圣母像前。他们坐下来，望着黑暗在吞噬了远处的天空后，不断向前行进。

　　世界呈现出熟悉的形状，只剩下他们的声音和小渔船。在浩瀚而黑暗的大海中，一切都显得那么浑然天成。他们躺在冷藏柜里，紧紧抓着对方。狂风呼呼地刮着，卷起巨浪，吹进了他们两个人心中那盲目无边的恐惧里。小渔船随着海浪向上漂起。赫克托不肯去舀水。玻利瓦尔暴跳如雷，爬出去查看雨桶。他站了一会儿，用意志力驱使自己面对风暴，他以自己的生命力去面对暴雨的侵袭。他抓住船舷，小渔船在巨浪中起起伏伏。小渔船被推到了海浪的最高处，他抬起头，从浪尖望出去。他眼前的一切像是都陷入了一个漩涡，这个世界超越了人类的控制，只剩下混乱与空洞，风暴狂怒呼啸。风卷走浪尖上的飞沫，他跪下，这时候，小渔船被推上浪尖，又开始陡然向下俯冲。

在电闪雷鸣的黑暗中，玻利瓦尔继续向船外舀水。他又检查了一下雨桶，爬到船的前面。就在这时，一道闪电劈下来，他看到渔网不见了。他伸手来回摸索。渔网都被海浪撕碎了，剩余的部分挂在缆柱上。他开始咆哮，弯着腰，奋力将船里的水舀出去。又是一道闪光，玻利瓦尔看到赫克托的圣母像在船尾的座位下面。当四周重回黑暗，由乱糟糟的金属丝缠成的圣母像看起来狰狞而神秘，圣母像的形状深深地刻在了他的眼睛里。他心生一股恶意。当雕像再次被闪电照亮，玻利瓦尔一把抓住它，把它扔出了船外。他爬回冷藏柜，让刺痛的眼睛休息一下。

玻利瓦尔不知道过去了多少天。活着的自我离开了求生的自我的躯壳。时间再次向外开放。他从冷藏柜里爬出来，只觉得眼睛刺痛不已，他只好站在那里猛眨眼，揉搓着皮肤上的一层盐。他拧开雨桶的盖子，舀了一杯水喝。他把水含在嘴里，让水碰撞到牙齿。

他盯着天空，似乎无法相信。

天空中一丝风都没有，两只鸟平稳地飞翔着。

玻利瓦尔转身看见赫克托从冷藏柜里爬出来。年轻人的眼肿了，像是闭着眼。赫克托伸着两只手摸索着往前走，他的皮肤变得蜡黄。玻利瓦尔舀了一杯水，把杯子放在赫克托伸出的手里。赫克托喝了一大口，放下杯子，默默无语地开始摸座位下面。然后，他停下动作。他用指尖沾了点水，弄湿眼睛，想看清楚。他的手开始疯狂地挥动。在搜遍了整艘船后，他双膝跪下，抬起头，发出一声哀号。

"她不见了。"赫克托说。

玻利瓦尔站在那里，凝视着赫克托那发黄的皮肤和红肿的眼睑。

"谁不见了？"

"圣母。"

赫克托跌坐在座位上，双手捂住脸。

"我就知道会这样。"他说，"我竟然会试探她。难怪她抛弃了我们。现在我们真的只有自己了。"

赫克托开始抽泣。玻利瓦尔看了一会儿就站起来，拍拍手，对着天空嘲弄地笑了起来。

"那是一场暴风雨！嘿！船只遇到了暴风雨，多半都要船毁人亡。但我们没死。我们活得好好的。我们只要等他们来救我们。"

赫克托突然转过身来，目光深邃而敏锐。在这样的眼神下，玻利瓦尔沉默了。他看到赫克托那干黄的皮肤下隐隐透着病态。发黄的眼睛和溃烂的嘴透露出来的病态。在黄色的眼球周围，他的眼睑红肿发炎。在泛黄的皮肤下，骨头十分明显。

赫克托摇了摇头。

他说："我现在明白这一切都是命中注定的。根本无法逃避。我不知道我做了什么，要落得这样的境地，但我会独自面对。"

玻利瓦尔看着赫克托，五官扭作一团。

"独自面对什么？啊？你在说什么？"

他抓住年轻人的胳膊肘。

他说："听着，兄弟，我们两个在一起，我们会想到办法的。解决一个问题，再解决另一个问题。我们再做一张网。那根竹竿也用得上。等着瞧吧。"

赫克托坐下来，摇了摇头。

"不。这是命运。"他说。

灼灼的烈日将闪耀的阳光洒在海面上。过了一段时间，海浪不再翻涌。玻利瓦尔仔细地倾听着海水的声音。大海似乎忘记了自己，此时只是喁喁细语，几乎没有了呼吸。大海像是从口中呼出了热气，热得让人难以喘息，没有空气可供呼吸，人的胸部只是在反射性地起伏。

他们躲在冷藏柜里躲避阳光。

傍晚，玻利瓦尔拿着竹竿，探身到海面上。他不时转过身来，端详着赫克托。赫克托坐在冷藏柜里，抱着膝盖，没有离开。他那双泛黄的眼睛似乎是在注视着自己的内心。他在祈祷，他的嘴巴一直在动。

玻利瓦尔满是厌恶，五官都皱了起来。他动了动嘴巴，发自本能地很想吐口水，但还是小心翼翼地咽了下去。

他再次看着赫克托，摇了摇头。

他心想，他就是没用。

他为什么没用？

他闭上眼睛，想象着皮肤发黄的年轻人逼自己进入孤独的处境。

他错了，而我是对的。

玻利瓦尔猛刺一些扭曲的黑影，但没有命中。

你试图与一个男人的心灵对话，试图了解他的思维方式。那个人可能听，也可能不听。如果他不听，那是为什么？他为什么不愿意听？他有什么不愿意的？

他将一团弯弯曲曲的海藻拖进船里，摘出里面的死螃蟹。他品尝和咀嚼着枯燥无味的海藻，一边吃一边观察一只海鸟，这可能是一只管鼻鹱。他看着那只鸟翅膀下面的肉，看着那只肥美的鸟儿落在破碎的倒影上。

他站在那里看了一会儿，弯下身子，用竹竿向海水深处刺去。

他有什么不愿意的？

他在水中看见了什么，或是说，他以为能看见什么。

在大海深处，鱼群的阴影就像人类复杂的心思一样扭曲着。

几天来，小渔船一直是静止的。玻利瓦尔在头上裹了一件T恤，他的双腿摊开，思想被热浪袭击着。他望着与大海连接在一起的天空，在海水的映衬下，天空呈现出象牙色。然后，他看到远处有什么东西在闪光。他肯定那是一艘船。他转向赫克托，但没有说话。

几小时后，那艘船慢慢地消失了。

死气沉沉的空气中夹杂着一股咸味。玻利瓦尔揭起他膝盖上的一块结痂，塞进嘴里嚼了嚼便吐了出来。死皮也有咸味。他用一根手指沿着船舷移动，凝视着聚集在他皮肤上的盐晶体。他的目光落在大海上。他凝视着水中。思想深入到冰冷的深处，直到思想自由地遨游。他出神地看着，仿佛看到了高低错落的树梢。来到海滨，就可以看到弯曲的绿树。树叶绿油油的，在风中呼吸着。但是，咸腥的风溶解了所有的东西。它溶解了海滨上的树木，溶解了海滨。那座荒凉的小山和那座城镇正在消失。镇上的人也消失了。他只瞥了一眼他们的脸,看到他们所处的地方,然后,他就什么都看不见了。

他越来越害怕。

他开始觉得自己什么都记不起来了。

这就好像盐正在侵蚀保存记忆影像的地方。他向高山移动。他沿着路从镇上走到她住的地方。

亚历克莎。

他试图看到她的家。然而,盐溶解了道路,溶解了她的家。他穿过大门,走进房间,看到盐正在溶解她的皮肤,溶解她皮肤周围的空气,溶解她的声音。

他听着。

他透过那溶解了的影像倾听着,仿佛能听到远处的低语。他听着,直到能听见那溶解了的声音在颤抖,那声音在对他说话。它说什么?

"你并不知道你爱过。"

一只鸟儿迎着黄昏的微风飞翔着。当鸟沿着船身掠过时,玻利瓦尔轻轻地跟在后面。鸟儿的头不时左右抽动着。那只鸟的头顶是黑色的,喙是橙色的。它看起来像某种燕鸥。它鼓翼飞了一会儿，就卷起了翅膀。就在这时，玻利瓦尔突然跃入空中，他的手抓住了鸟儿的喉咙。赫克托瞪着发黄的眼睛，厌恶地看着玻利瓦尔用沾满鲜血的手与那只鸟搏斗后拔掉鸟的羽毛。当玻利瓦尔切下鸟的胸部和腿上的肉，赫克托抱怨了几句，他爬出冷藏柜，悲伤地坐在那里。

他说："你不能吃那个。"

玻利瓦尔说："为什么？"

"这是一种罪。"

玻利瓦尔停下了手里的刀。

"怎么会是罪？"

"它不是食物，也不干净。"

"这怎么不是食物？"

玻利瓦尔转过身，一边嘟囔着一边摇着头。他把刀旋进鸟肉里，切下一块，用刀刃把肉送进嘴里。年轻人厌恶地皱起了脸，牙齿一闪一闪。玻利瓦尔慢慢地品尝着，这时候，年轻人突然移开了视线。玻利瓦尔把肉吞了下去，他觉得有点恶心，嘴巴都缩了起来，便喝了一小口水，笑了笑。

他说："太油腻了，尝起来跟烂鱼差不多。但人如其食，不是吗？"

赫克托没有回答。

玻利瓦尔探身向赫克托。

"你生病了。你真应该吃一些。"

赫克托注视着玻利瓦尔，他发黄的眼睛里写满了讥讽。玻利瓦尔捉了一只鸟，又捉了一只，麻利地扯掉两只鸟的翅膀，用浮木把它们关在船头。他站在鸟的旁边，叫它们小鸡。到了宰杀它们的时候，玻利瓦尔把肉切块分成几份，放在盐水中让肉变软。赫克托只喝水，拒绝吃肉。鸟饿了，就开始互啄，不分白天黑夜一直嘎嘎叫个不停，鸟的粪便散落在船上，见到这个情形，赫克托的惊骇与日俱增。他辗转反侧，无法入睡，他躺在那里用双手捂着耳朵。他拿起竹竿抓鱼，却只是徒劳无功地刺向水面。后来，赫克托刺中了一些黑色的鱼，他大叫一声，却眼见着鱼拖着竹竿从他的手里逃走了。他看着竹竿滑入水中。玻利瓦尔站在那里绞着双手，愤怒地在船上跺着脚。他来到赫克托面前，双手叉腰，对赫克托大喊大叫："你那样做是不对的。"他一转身，船就突然颠簸起来。玻利瓦尔抬起头，看见赫克托迅速地走到船的另一边。年轻人拿起鸟肉，扔到船外。他用两只手捧起一只没有翅膀的鸟，把它扔到船外，随即去抓另一只。

玻利瓦尔咆哮着冲向赫克托。他抓住年轻人的鼻子，又掐住他的喉咙，赫克托向后一仰头，一只胳膊上下拍打玻利瓦尔，好像要逃跑似的。他伸出拇指，钩住玻利瓦尔的嘴巴。

他们悄无声息地在四散的海鸟中搏斗，小渔船在平静的海面上摇摆，玻利瓦尔现在感觉到赫克托身体虚弱，四肢无力，呼吸也很急促。他也能感觉到自己同样没什么力气。他夹住赫克托的头并用力扭着，粗声粗气地对着赫克托的耳朵喃喃骂了起来。

"你算什么东西？你什么都不是……"

一种力量和正义的感觉在玻利瓦尔的血液中涌动，就在赫克托停止挣扎的时候，这种感觉压迫着玻利瓦尔。

玻利瓦尔松开了年轻人。

赫克托弯下身子，跪在地上，大口大口地吸气，眼睛瞪得大大的。他狠狠盯着玻利瓦尔，眼神不仅很受伤，还充满了仇恨。他爬向冷藏柜，抽泣起来。玻利瓦尔瞧了他一会儿，转身去检查那些鸟。

玻利瓦尔扯着自己的胡子，坐下来，双手剧烈地抖动，跟着又站了起来。

他转身，对赫克托怒吼起来。

"你死不死和我都没有关系。在这里，你想死，大可以去死。但你为什么要毁掉我的食物？为什么夺走我的机会？这是罪孽。你要这样，我会杀了你。我会把你的眼睛挖出来。"

一连几天，玻利瓦尔在船上走来走去，赫克托却是那么不情不愿，一句话也不说。后来，年轻人爬出冷藏柜，一动不动地站着，不情愿地向玻利瓦尔大声说着话。玻利瓦尔躺在塑料布下，嚼着脚指甲，假装听不见。赫克托又轻轻地重复了一遍。他慢慢地举起一只弯曲的手指了指。玻利瓦尔掀开塑料布，看到年轻人似乎被什么幻象吸引住了。他扔下塑料布，爬出冷藏柜，眯

138

着眼睛看了过去。

海洋笼罩在暮光之中。

在即将落下去的太阳的映衬下，可以看到一个东西。

他闭上眼睛又睁开。好像有什么东西烙在了他的视网膜上。

那个东西是深色的，巨大而缓慢。

"不可能是……"

他的声音有些沙哑。

然后他说："它朝我们这边来了。"

他们看到一艘集装箱船渐渐驶近。

赫克托惊恐地转过身来。

"你说他们看见我们了吗？"

玻利瓦尔动了起来。他想找个东西挥动，于是抓起一个褪色了的橙色塑料袋，把它绑在木板上。

他说："他们肯定看到我们了。"

他开始挥舞着木板大喊起来。

他们看着巨轮向他们驶来。

赫克托摇了摇头。

他说："我们真的得救了。"

他们跳着，挥舞着，用撕心裂肺的声音欢呼着。他们看到甲板上堆放着七层集装箱，这些集装箱又大又沉，五颜六色的。玻利瓦尔端详着这艘数百英尺长的船，它仿佛是大海上的一座桥。可是船上连个人影都没有。巨轮轰鸣着划过水面，一阵恐惧突然掠过了玻利瓦尔的身体。他看出这艘船并不打算停下。他们看着轮船朝他们驶过来。他们看着，各自心里都有数。他们站在那儿，都明白发生了什么。他们站在那里，感受着船驶过的时候带动的气流，天空都被它遮住了。然后，小渔船被集装箱船冷酷的阴影吞没了。赫克托满脸沮丧。他们两个尖叫着，呼喊着，挥舞着旗子，然而巨轮驶过，上面连个水手都没有。集装箱船消失在阴影中，与黑夜融为了一体。赫克托弯腰驼背，揪着自己的头发。玻利瓦尔掐住自己的喉咙。

　　玻利瓦尔抬起头，回想着刚刚发生的一切。

　　那艘船来了又走，再也不会回来。

　　玻利瓦尔看着赫克托团成一团坐在那里。他看看大海，又看看自己被太阳晒黑的皮肤。就在这时，一阵颤抖的笑意从某个未知的深处向他袭来。赫克托转过身来，没有说话，只是哆嗦着。玻利瓦尔想停下来，他揪着自己的头发，摇着头，拍着大腿，但笑声还在继续。赫克托站起来，走到玻利瓦尔身边，用充满敌意的目光注视着玻利瓦尔。他的手攥成了拳头，眼睛似乎从眼眶凸了出来。

最后，他开了口，语气平淡，实事求是。

"都是你的错。"

玻利瓦尔凝视着赫克托那张富于表情的脸上呆滞的眼睛。他不再笑了。

赫克托说："他们看到了你做的一切，看到了你圈养的鸟。他们可以看到你的本来面目。你就是一个残忍而扭曲的人。我一直都知道这一点。你折断了鸟的翅膀，让它们这样活着。这样的景象出现在上帝面前。他们肯定听到了尖叫声。他们拿着望远镜看着你，说：'这个人道德败坏。看看他吧，他在海上折磨鸟，他折断鸟的翅膀，让它们生活在痛苦和不幸中，他还会把这些鸟吃掉，他真该死。'于是他们就过去了。你看，玻利瓦尔，这是你的错。现在做什么也没用了。我本来有机会回家的，本来有机会看看她都背着我干了什么。现在她永远也不会知道我都知道些什么了。"

玻利瓦尔凝视着赫克托发黄的牙齿，注视着赫克托深陷的眼睛。

玻利瓦尔心想，他简直是疯了。他老了。毫无疑问，他的脸是一张老人的脸。

赫克托的眼睛如同黑色卵石一般。他似乎忘记了玻利瓦尔的存在，已经沉默不语地坐了好几天，眼睛睁着却什么都看不见。玻利瓦尔看着年轻人。他试着去了解年轻人的想法，但是没有成功。有时他能听到赫克托低声祈祷。玻利瓦尔把鸟肉切成条，放在金属罩上晒。他们的水越来越少了，但他知道，现在天气这么潮湿，迟早会下雨的。他研究着平坦的大海和天空。然后他看到了一只巨大的鸟。他眯着眼睛盯着那只鸟看了很长时间。他确信这是一只信天翁，这只鸟身体是白色的，长着一对黑色的翅膀，一动不动。他让赫克托看，但是年轻人没有动。

日落时分，玻利瓦尔一瘸一拐地跑着。他那被太阳晒黑的后背变得弯曲了。他的膝盖犯了关节炎，肘部的骨头突出，肺部因为身体的压力而下垂。他的心注视着自己，就像他曾经在海滨上那样。在海滨那会儿，他的身体结实挺直，血液流通顺畅。不管他做什么，他的身体都是那么柔软灵活，所有的动作都是下意识完成的。他的肉体很警觉，品尝着空气。他可以看到自己在海滨上的小渔船边忙来忙去。赫克托和阿图罗一起向他走来。他注视着赫克托那瘦弱的身体、长长的胳膊和腿。赫克托的内心向外投射，让人感觉他这个人患有某种精神疾病，就是这样，他的内心有一种深刻的"无为"感。一个人不能变成另一个人，你是由你的内在所构成的。

玻利瓦尔停止了奔跑，斜靠在冷藏柜的边缘喘着粗气。他可以看到赫克托在冷藏柜里面小声嘀咕着什么，他今天一天都没有动过。

就在这时，他发现自己冲着赫克托的脸大喊大叫起来：

"看呀，赫克托！有船了！"

面对玻利瓦尔那嘲弄的笑声，赫克托无动于衷。

玻利瓦尔气不打一处来。他的脸离赫克托那发黄的皮肤、皲裂的嘴唇和陈腐的气息非常近。赫克托带着一种迟钝且冷静的冷漠。

玻利瓦尔喊道："你怎么了？你该醒醒了！你得吃东西！我告诉过你多少次要振作起来，你为什么不听我的？"

他抓住赫克托的肩膀摇晃起来。

赫克托抬起头，茫然地盯着玻利瓦尔。他闭上眼睛，在冷藏柜里休息。当他再次睁开眼睛时，他的眼睛里有光一闪，仿佛有个想法产生了，这个想法就在那里，散发着光芒。赫克托的嘴张开了。他说起话来，冷淡的语气中夹着一股听天由命的意味：

"我的身体里有东西在生长。那东西像是一个重物，不过有点不太一样。它现在一直在那里。它在我体内越长越大。我能感觉到。"

玻利瓦尔看着赫克托用手指指着自己的胸部。

他想说话，但还是保持了沉默。

他揉搓双手，抬起头来。

"听着，兄弟，你必须吃点东西。就是这样。"

赫克托说："是的，我饿了。我会吃一些鱼。"

"但我们没有鱼。"

"好吧。我知道你做了什么。"

"什么好吧？"

"你所做的一切。"

"你什么意思，我做了什么？"

"你一直都把鱼藏起来不让我看见，晚上你就背着我吃鱼。"

玻利瓦尔张大了嘴。

"但确实没有鱼。渔网都没了，就是那次……"

"我希望你相信一切都好，玻利瓦尔。"

"不，一点也不好！"

"听着，我原谅你了。"

"嘿！我什么都没做过。"

玻利瓦尔站在赫克托面前，咬牙切齿，不停地把手攥紧松开。他凝视着自己的拳头。

赫克托笑了笑，闭上了眼睛。

玻利瓦尔在黑夜中醒来。他把手放在赫克托躺的地方，却什么都没摸到，他连忙坐了起来。他想象着赫克托滑入水中，就像进入了坟墓。他麻利地爬出冷藏柜，只见赫克托跪在那里。在月光的照射下，赫克托的皮肤看起来很薄，他仰着脸注视着黑夜，听起来像是在低声祈祷。过了一会儿，赫克托停了下来。他知道玻利瓦尔来了，便坐了下来。

过了一会儿，他说话了：

"你知道吗，玻利瓦尔，我们已经死了。我敢打赌你不知道这件事。但这是事实。"

玻利瓦尔的嘴巴有些发干。他想说话，却怎么也说不出来。他一只手搭在冷藏柜上，静静地站着，感受着从他们之间吹过的风，感受着空气中的寂静，感受着寂静中夹杂的异样。

赫克托说："我们在第一场风暴的时候就死了。我掉下去的时候就死了。我甚至没有注意到。生和死之间只隔着一条线。这条线不仅奇怪，还非常细。我们都没经历过这种事。就是一跨，便从生到了死。你浮出水面喘气，却不知道你已经死了。就是这么简单。现在我们在这里，漂流在大海上。你看，玻利瓦尔，这儿既不是天堂也不是地狱。这是对我们的惩罚。我们被放逐了。我们看不见上帝。现在我们明白了看不到上帝的真正意义是什么。过去看不到，现在看不到，以后也不会看到。也许永远都不能看到了。这才是真正的缺失。必须把这当成一种苦难。"

赫克托默默地瘫倒在地。他把头发从脸边拨开。

过了一会儿，他又开始说话：

"可能现在这种情况表示她就算和他在一起，也是应该的。这件事我想过很多次了。她沉溺于犯罪，而我也有犯罪的念头。所以我明白这一切是我自找的。"

玻利瓦尔凝视着黑暗中赫克托的身影。黑暗笼罩着赫克托的身体，与他的身体融为一体。他的身体显得很神秘，只有头发和脸被月光勾勒出来，他说的话能标记出他的存在，玻利瓦尔能想象出赫克托那张长满溃疡的嘴巴说出扭曲的话语，而赫克托那双发黄的眼睛相信他的嘴巴说的话。

玻利瓦尔不知道该说什么。

他想说话，却说不出来。

最后，玻利瓦尔清了清嗓子。

"听着。"他说，"我们仍然可以解决这个问题。我说不清我出海捕鱼多少年了。也许有十年了。在海上这么久，我的骨头变硬了。我们仍然可以做到。我打算帮助我们渡过难关。我是这艘船的船长。我们的余生还很长呢。"

赫克托的声音飘到玻利瓦尔面前，听来如同脱离了身体的耳语，仿佛来自黑暗。

"你不明白，玻利瓦尔。现在已经太迟了。你的命运的真相有待你去发现。也许你注定要受的惩罚就是你必须面对你亲手抛弃的一切。你再也见不到你的孩子了。是的，我现在明白这一点了。"

就在这时，玻利瓦尔冲向赫克托，抓住他开始摇晃。

然后，玻利瓦尔停下来，松开了赫克托。

赫克托没有说话。

玻利瓦尔一言不发，爬回了冷藏柜。

玻利瓦尔坐在那里捏着鼻梁。他看到在三四十英里外的天际形成了一片乌云。天地间弥漫着薄雾。他又看见一只信天翁在空中盘旋，没有拍打翅膀。他把接雨的杯子放好，感觉到温度下降了。赫克托回到冷藏柜后几乎没动过。风把雨点吹过水面，赫克托也不动。玻利瓦尔在船上走来走去，盯着杯子和水桶，还要留意赫克托。他心想，赫克托又变成了一只虫子，你根本不知道虫子会做什么。玻利瓦尔面对着雨站在那里，仿佛在整理一些模糊不清的思绪。他感觉到雨水打在皮肤上，他伸出双臂，沉浸在雨滴的抚摸中。

　　他们在波涛汹涌的海上漂流了两天，连做梦都是在惊涛骇浪中起伏。玻利瓦尔在睡梦中听到了亚历克莎的歌声。他试图向她靠近，他的腿试图逃离小渔船，他试图爬出去，但他做不到。他的腿变得僵硬，盐使他的血液变浓，他的声音嘶哑，但他还是喊了出来："我来了！我来了！"他在黑暗中醒来，思考自己一生的经历。他听着，终于听到大海平静了下来。

　　现实就是这样，他心想。你不能超越这个现实的。不要听他的。他说的都是废话。他想要什么？他什么都不想要。他想要的不是"想要"。这就是问题所在。他的身体得了病，思想也扭曲了。

玻利瓦尔一直在听，直到听到自己喊出了在梦中喊的话。

"我来了！"

然后，他听到了。模糊的啼声穿过水面。

他心想，也许是鲸鱼在唱歌，谁知道呢。

他竖起耳朵听，他又听到了。

他低声自言自语。

"别担心，亚历克莎，我听到你说的话了。我一定会回去的。"

飞鱼破水而出。玻利瓦尔看着它们向太阳飞去，然后垂直落回海中。

玻利瓦尔醒来时发现附近有一只鸟发出窸窸窣窣的声音。他立即屏住了呼吸，他的思想从梦境回到了冷藏柜，回到了这个更冷和更远的地方。他用肘部支撑身体动了动，竖起耳朵听着。就在这时，他发现自己的身体跳跃起来，他的手碰到了一只巨大的鸟的身体。这个生物尖叫着，拍打着翅膀，以意想不到的力量移动着，用它的喙啄着他的脸和手。他揪着那只鸟不放，一直战斗到鸟儿安静下来。

天气寒冷，他看着东方在阳光中渐渐显露出来，这才看清他杀死的是一只信天翁。他看着自己流血的双手。

他剥掉鸟的皮毛，把它切开。鸟的身体里面全是未消化的塑料。他把一些胸脯肉切成片，放到咸水里。玻利瓦尔在赫克托醒来后仔细地观察着他，他看着赫克托坐在那里眺望着大海，他看着赫克托凹陷的胸部，看到他一边肩膀比另一边高。赫克托都懒得抬头。

玻利瓦尔心想，没有人会相信的，但在海上，抓鸟真的比捕鱼容易。

日子一天天过去，赫克托一句话不说。他瘫坐在冷藏柜里，双手交叉着，愁眉苦脸，仿佛灵魂是用手能抓住的东西。玻利瓦尔仔细观察着赫克托的手、干燥的嘴唇，感觉年轻人的灵魂退到了另一个地方。他把水倒在赫克托的嘴唇上，水顺着赫克托的下巴往下流。玻利瓦尔继续对着赫克托说话，仿佛一切都没有改变。他大声解释自己做了哪些梦，还回忆儿时发生的事。他说："我还记得我祖父失踪的那天。"过了一会儿，他又说："你知道，这很奇怪，但我的听力越来越好了，我能听到我们下面的水里有东西游过。我能清楚地看到远处的东西。"

他走到冷藏柜后面，清洗信天翁的肉。他尝了一小块，觉得肉很油腻，但没有死鱼的味道。

他静静地咀嚼着，注视着地平线，注视着与之相接处深不见底的海水。他心想，心灵向天与海延伸，面对这二者，心灵是虚假的。然而这两者在心灵面前也都是虚假的。

他发现自己拿着一块切成细条的肉来到赫克托面前。

"听着。"他说，"我捉到了一条鱼。"

赫克托抬起头来看。

玻利瓦尔说："我不知道是什么鱼。"

赫克托弯曲手指去拿玻利瓦尔递给他的肉。他把肉放进嘴里咀嚼。玻利瓦尔看着他吃，看着他嘴唇和舌头上的溃疡，看着他牙龈上的血粘到食物上。

玻利瓦尔说："肚子饱了，心就快乐了。"

赫克托抬起头，面无表情地笑了笑。

"是的。"他说，"这块鱼肉很好吃。"

他又吃了一块，便不再说话了。

过了一段时间，他说："能给我点水吗？好几天了，我的舌头火烧火燎的。"

赫克托呻吟着醒来。他的呻吟声使玻利瓦尔感到不安。玻利瓦尔转过身来，看见赫克托痛苦地蜷曲着躺在那里，双手捂着肚子。赫克托发烧了，额头上都是冷汗。他把所吃的一点食物都吐了出来。玻利瓦尔马上去扶他，但赫克托示意不需要帮助，仿佛背负千斤重量一样爬出冷藏柜，蜷曲着身子躺在那里，看起来可怜巴巴的。玻利瓦尔一边看着，一边拉扯自己的头发。他俯下身去，把一只手伸进海里舀了点水，洗了洗赫克托的额头。他把年轻人眼前的长发拨开，洗掉他嘴唇上的污垢。他看到赫克托尿了一身。他拿了一个杯子舀了水，给赫克托洗干净，又把他从阳光下抬开，移到了冷藏柜里。

他让赫克托的额头保持凉爽，把水送到他的嘴边。晚上，他尽量让他暖和些。他觉得赫克托的骨头好像在皮下扭动着。赫克托的嘴唇含含糊糊地低声道出了他自己的心事。

玻利瓦尔怀疑地盯着鸟肉。

你没有生病，鸟肉对你没有伤害，肯定有别的原因，他心想。看看他的皮肤，他的身体都是黄色的，他的血液一定是中毒了。

玻利瓦尔闻了闻信天翁肉。他咬了一小口。不错呀，他心想。

他把肉扔到了海里。

白天过去，黑夜来临，日夜就这样交替着。过了多少天了，是三天，还是四天，玻利瓦尔不确定，但赫克托可以呼吸平稳地睡觉了。赫克托醒了，坐起来，凝视着玻利瓦尔，玻利瓦尔则瞧着年轻人，发现他的表情发生了变化。玻利瓦尔端详着年轻人，只见他瘦得皮包骨，皮肤发黄，他看着赫克托的下巴上那稀疏的胡子，看着他的头发长过肩膀，遮住了眼睛。年轻人久久地坐着，茫然的眼神中透着仁慈。他好像在笑。

玻利瓦尔把食物递过去，但赫克托把它推开了。

玻利瓦尔倾身向前，把一只手放在年轻人的肩膀上，轻轻地摇了摇他。

"你得吃点东西，兄弟。"

"我现在已经不用吃东西了。"

"你什么意思？"

赫克托没有回答。

玻利瓦尔打量着年轻人的微笑，凝视着年轻人那张会说出心里话的嘴巴，希望可以看透他的心思。玻利瓦尔凝视着，好像他能理解赫克托的话，但他不能。他看到一些恍惚的思绪在年轻人的脸上消失了。

他一把抓住赫克托，用力摇晃年轻人的肩膀，赫克托的头发散了下来，遮住了双眼。

玻利瓦尔喊道："你笑什么？"

他冲过去抓住杯子和其他鸟肉，把它们塞进赫克托的嘴里，赫克托的长发与食物缠结在一起。玻利瓦尔捂住年轻人的嘴，试图强迫他吞下。他的手死死按着赫克托的嘴，像是要……

他停下来，盯着自己的手。

赫克托平静地把头发从嘴里抽了出来。

他把食物吐在自己的掌心，递给玻利瓦尔。他又开始笑了，但他的眼里死气沉沉的，仿佛他心里产生这种想法的那个地方无法见到光。

赫克托说："你怎么不明白，玻利瓦尔？"

玻利瓦尔惊恐地盯着赫克托。

他在年轻人的表情中看到的竟然是快乐。

风从东南吹向北方。一场突如其来的雨灌满了他们的杯子。接下来的几天都十分炎热。强风吹乱了船留下的长长的尾迹。赫克托一动不动地坐着，阳光从他的身体一边转到另一边。玻利瓦尔注视着年轻人在内心保持着一种奇怪而强烈的自制。赫克托的双手放在膝盖上，嘴角挂着一丝淡淡的微笑。他仍然拒绝吃东西。玻利瓦尔注视着年轻人的身体。赫克托的皮肤似乎一天比一天松弛。玻利瓦尔心想，赫克托的肌肉肯定是从里面被吞噬了，皮肤直接贴着骨头，精神在吞噬身体。他打量着年轻人，寻找他内心意志的迹象。他望着年轻人，打起盹来。他在自己的梦里又见到了年轻人，赫克托对着他笑，皮肤开始在傍晚朦胧的光线下闪着光，身体颤抖着，似乎一分为二。玻利瓦尔试图从梦中醒来，他的眼睛仍然锁定着赫克托，年轻人肯定一分为二了，他正试图摆脱自己的身体……

玻利瓦尔惊醒过来。

他怀疑地盯着赫克托，但年轻人没有动。

一只绿色的小海龟用头撞着小渔船。玻利瓦尔把它从水中拽出来，小心翼翼地把海龟的血倒进一个杯子里。他把内脏分成几份，把颤抖着的肝握在手里。

他说："说真的，你必须吃点东西。"

他转过身去看赫克托，只见年轻人正用手臂抱着头哭泣。

玻利瓦尔把脸转回来，赫克托抬起头。

他说："玻利瓦尔，我们在生命的最后时刻才相识，真是太遗憾了。"

玻利瓦尔转向赫克托。

"嘿！别再胡扯了，好吗？"

他擦去血淋淋的肝脏在嘴边留下的污迹，把一只沾满鲜血的手放在赫克托的肩膀上。

"我们还年轻。"他说，"我们还有很长的路要走。"

"我也想和你一样，玻利瓦尔。我以为我能像你一样。我试着像你那样做。像你一样在船上走来走去。像你一样使用双手。像你一样思考。你很擅长这个。但我不能像你一样。我无法改变我自己。"

"听着，现在不是放弃的时候。你必须有信心。"

赫克托慢慢抬起头，盯着玻利瓦尔，他的脸被头发遮住了，但玻利瓦尔看到他那湿润而发黄的眼睛突然露出锐利的眼神，他的嘴巴形成了一抹冷笑。

"我所剩的只有信仰了。"

玻利瓦尔把手从赫克托的肩上缩回来，张开手，盯着它。

"是的，也许吧。但你对现在的情况没有信心。你不相信我们正在做的一切。你只会说'不'，从来不会说'是'。"

"玻利瓦尔，是你在说'不'，你才从不说

158

'是'。是你没有信心。"

"嘿，你说的不对。会有人来救我们的，等着瞧吧。"

"是你拒绝承认现实。"

一晃又过去了好几天。玻利瓦尔极目远眺，警惕地关注着所有会动的物体。在遥远的大海上，一切都十分显眼。有个闪光的东西看起来像是信号灯。远处有一艘轮船的剪影。一群海鸟聚集在一个已经死了而且发胀的东西上。他倾听着从小渔船下方游过的阴影发出的响动。他的手已经准备好，如果有鲨鱼浮出水面并靠近的话，他就把鲨鱼拽上来。

他试着用塑料袋捕鱼。

他一遍又一遍地对自己说："你会捉到鱼的，你会捉到鱼让他吃。你还可以救他。"

他在脑海里看到了曾经的赫克托，便望着眼前日渐消瘦的年轻人。赫克托的身体仍在，但他的灵魂已经脱离了肉体。赫克托的眼睛盯着内心里的什么东西。他的身体被向内拉，仿佛去追寻他的心所看到的东西，而他的心在寻找某个内在的东西。

他看得出赫克托苍老了许多。现在坐在他面前的是一个老人疲惫的身体。赫克托的脚踝和脚都肿了。

他开始检查自己的身体，拉了拉松弛的皮肤。他的皮肤现在是深棕色的，如同皮革一样粗糙，但不像年轻人的皮肤那样发黄萎缩。他看着自己的手和脚，想知道自己的脸是否变了。

他把身体探出船的边缘，试图在水面上看看自己的脸。他面前的那张脸在不停地晃动。亚历克莎肯定在梦中见过这张脸。他想起了她曾经的面容。她现在长成什么样子了？他抚摸着自己的脸颊。她肯定认不出你了。她不会相信你是谁。

玻利瓦尔捂着脸哭了起来。

赫克托慢慢地张开嘴，好像要说话。

一颗牙从他的嘴里掉了出来。

玻利瓦尔坐在冷藏柜里嚼着最后一块海龟肉。赫克托看都不看他一眼，但他还是提出给赫克托一些。玻利瓦尔把身体探出小渔船，用手舀了点水捧着。他给赫克托洗了把脸，撩开遮住他眼睛的头发，擦洗了他的额头。赫克托的皮肤又湿又冷。玻利瓦尔伸出双臂搂住年轻人，想让他暖和一下。他努力不让赫克托看到他又哭了。有好几天了，赫克托似乎一直闭着眼睛。

玻利瓦尔不由自主地对赫克托大喊大叫：

"你不能这样。你一定得清醒过来。"

他推开赫克托，愤怒地在船上走来走去，跟着跑了起来。

他半夜醒来，听到自己咆哮："你的行为像个傻瓜。你得从这件事中清醒过来。"

他跪在地上恳求赫克托听他说话。

他拉着赫克托的一只胳膊：

"听着，你为什么不看看呢？如果你认为这是一场梦，那么你就是在做梦。你能做到的。你可以醒来了。我知道你能做到。我真的知道。我需要你为我这么做。你不能把我一个人留在这里。"

玻利瓦尔绕着冷藏柜跑了一圈，气喘吁吁地停下，蹲在船体上。良久，他只是瞪着眼睛看着。在某种无源的古老反射中，海洋形成和分解。你是什么？身体能把水分开，却无法断开一个想法。思想可以驱使身体分离水，但水永远不能与思想相遇。他端详着一只黑色的海鸟，那只鸟孤独地迎着太阳飞翔，盘旋了一会儿便向小渔船飞来。他看到那只鸟的喉咙处有一个红色的囊。这是一种军舰鸟，它降落在小渔船的船舷上，将长长的黑色翅膀收进身体里。

玻利瓦尔扯掉了鸟的翅膀，将这只摇摇晃晃的鸟放在鸟舍里。

赫克托哭了起来。他张着嘴坐着，好像在寻找恰当的字眼。他的眼皮肿了。他指着一杯水。玻利瓦尔将一杯水送到年轻人的嘴边。

就在赫克托喝水的时候，他的身体忽然开始哆嗦。他注视着玻利瓦尔的眼睛，眼神奇怪而纯洁。他说话了，声音非常轻：

"玻利瓦尔，我过得很不好。"

玻利瓦尔愁眉苦脸地坐着。

"不是的。这怎么可能呢？"

"我一直是个负担，对你是，对别人也是。有许多坏事我都要负上责任。"

"你在说什么？你既不是杀人犯，也不是偷车贼。"

"是所有那些我一直以来做过的小事。它们在累加。我就是这一切的总和。我现在能感觉到了，这一切在我心里变大。我能感觉到它在我的胸腔里。这种感觉比我身体里的任何疼痛都要强烈。我现在能看到每一件坏事。我不是好人。这段时间我一直在回忆。我在回顾我做过的每一件事。我可以看到我自己做每件事时的情形。我看到我做的那些事，就感到非常痛苦。我对我的父母并不好，对兄弟姐妹也不好。我对卢克雷齐娅不好，这是肯定的。难怪她和他好上了。"

"听着，赫克托，你根本不知道她做了什么。"

"我现在唯一要做的就是为我的每一个行为寻求原谅。我一直在想，命运是我们自己创造的。玻利瓦尔，你不觉得吗？你所做的每一件事都会把你带到你现在所处的位置，而不是其他任何地方。只能是这样。但是你做的每一件事都会在你内心产生一种感觉。所以说，我们就是我们所做的事的总和。这是我的想法。我们要对自己负责，因为我们会根据自己的感受行事。我想我现在明白了。也许不是。也许事情不是这样的。但我觉得这是真的。我对你不够好，玻利瓦尔。对此我很抱歉。有很多次我都让你失望了。你能原谅我吗？在你的记忆里，你会觉得我是个好人吗？"

玻利瓦尔坐在那里，努力不去听。他捂住耳朵，又捂住了脸。他凝视着自己的双手，强迫自己去相信：他看见一艘船在海面上驶来，停在小渔船的边上。他能看见一架红色飞机飞得很低，擦着海浪飞过。那是一架水上飞机。他爬进飞机机舱。他肩上搭了块保温毯，径直向罗莎家走去。赫克托和他在一起。事情就是这样的。你在电视上看到过这一幕。天使在你旁边。罗莎握着你的手。每个人都凑过去听。每个人都要请你喝一杯。

他心想，身体不是问题所在。问题在于思想。

赫克托说："她现在和他在一起。她在他的车里，他们在开车兜风。我能看见他们。今天天气很好，可能有点潮湿。她很快乐。他们忙于自己的生活，忙着做每一件事。正因如此，我们才会忘记自己。她不会注意到我不见了。"

赫克托低下头，发出一声抽泣，身体随即颤抖起来。他又低声说了起来：

"我还没有完全解脱。我现在明白了。自我必须先摆脱它内在的负担，才能真正解脱。"

他闭上眼睛，不再说话。

玻利瓦尔试图用自己的体温和海草来给赫克托保暖。他把自己那些从未对别人说过的事告诉了赫克托。他还讲起了晚年生活会有哪些遗憾。他还跟赫克托谈到了自己的女儿。

他说："赫克托，我在想你什么时候开始吃东西。这样我们回家后就可以告诉他们了。是今天还是明天？赫克托，今天你开始吃东西，而且恢复了健康，你说对吗？"

玻利瓦尔切了一些鸟肉尝了尝。他试图叫醒赫克托，赫克托却没有动。

玻利瓦尔摇他，开始大喊大叫：

"你有什么权力这么做？你没有这个权力。在你死之前我会先杀了你。我要在你睡觉的时候杀了你。"

玻利瓦尔坐在冷藏柜里，双手抱头哭了起来。

"我很抱歉，我的朋友。"他说，"我不知道自己在说什么。"

玻利瓦尔小心翼翼地扶着赫克托坐起来，把一只耳朵贴在他的胸前。很难听出赫克托是否仍有呼吸。

玻利瓦尔在淡黄色的阳光下醒来。西南风吹着，小渔船随着海浪颠簸。他大声地说："我们今天真的在水上漂起来了。我们又转向了。现在我们的方向是东北偏北。"

赫克托没有回答。

玻利瓦尔试着用塑料袋捕鱼。他蹲在赫克托面前，试着回忆起赫克托最后一次说话是哪一天。他可以看到，赫克托那干燥的皮肤现在呈现出一种死亡的颜色。他靠得近一些，直到能看到赫克托皮肤下的生命力量。

赫克托的肋骨处微微地起伏着。他的喉咙轻轻地动了动，眼皮抖动着。

玻利瓦尔凝视着赫克托闭上的眼睛和合拢的双手。他相信自己能看到赫克托的意志在对抗生命的力量。赫克托的自我意志在反对所有让这个自我存在的东西。

玻利瓦尔心想，他属于这里。他是这一切的一部分。他是你的一部分。他坐在这个地方，光停留在他的身体上，他的身体投射出影子。这一切也是他的一部分。赫克托的皮肤上凝结着盐粒。盐一定会凝结在什么东西上，现在是凝结在他的身上。

玻利瓦尔发现自己情不自禁地摇晃赫克托。

"嘿！醒醒吧！来吧。我们去跑步吧。"

玻利瓦尔把赫克托从冷藏柜里拉出来，把他甩到背上。玻利瓦尔开始绕着冷藏柜跑了起来，很快就感觉上气不接下气。他跪倒在地，把赫克托放在身边。年轻人动了动，低声说着什么，他躺在那里，用深陷的眼睛望着玻利瓦尔，眼神里流露出忧郁和悲伤。

玻利瓦尔拍着手说："你醒了！你早餐想吃什么？我可以给你做一些鸡蛋。"

赫克托慢慢地眨了眨眼。

玻利瓦尔搀扶赫克托回到冷藏柜。他坐在那里，希望能看到赫克托身上显现出愿意活下去的迹象，希望这种意愿会出现，会再次燃起。但是他看到的是冬天的光，是静止了的意志，是仅仅在虚弱的呼吸中存在的意志，赫克托的意志退缩了，默认了内心深处不愿做的事情。

赫克托的眼神传递出了什么。

玻利瓦尔站起来，拍着手。

也许我可以杀一只鸡当晚餐。

赫克托慢慢抬起一只手臂，向玻利瓦尔伸出手。玻利瓦尔走向赫克托，将手腕交给他。赫克托抓着玻利瓦尔的手腕握了很长时间，试着向前探身。玻利瓦尔扶他坐下。

年轻人露出一个熟悉的微笑，他的眼睛随之明亮起来。

他低声说了一句话。

"玻利瓦尔，你是我最好的朋友。"

玻利瓦尔独自坐在那里，望着暮色下的大海。他看到远处一头鲸鱼在潜水。鲸鱼的尾巴看起来像一只飞翔的鸟，水从消失的翅膀上滴下来。

这一天的大海上没有太阳。玻利瓦尔用海藻盖住赫克托后站了起来。他拍打着自己的胸膛，揉搓着自己的腿，伸展四肢，开始奔跑。他半闭着眼睛。他从海滨跑开。他跑过了通往山里的小路，跑过车辙斑斑的山路。四周尘土飞扬，你有很长的路要走，你随身携带食物真是太好了。

他心想，她现在肯定都不记得你了，毕竟过去了那么久，差不多十年了。你得在出发之前洗洗脸，洗干净指甲，穿件漂亮的衬衫，跟她妈妈说几句话，告诉她："听着，我带着一颗悔过的心回来，不是比不回来好吗？我以前的确是个胆小鬼。"

他的膝盖关节吱吱作响，这是骨头发出的低沉抱怨。他停了下来，斜靠在船的边缘，弯下腰，呼哧呼哧喘着粗气。他能感觉到他身后的空中有两只鸟低声叫着，从它们的飞行路径和呼唤中可知它们已经看到了小渔船。他转过身，看到两只黑爪信天翁在小渔船上方盘旋。

玻利瓦尔走到赫克托面前，轻轻地摇了摇他的肩膀。

"嘿！醒醒。你今天饿吗？我有一些熏鱼。你看起来很冷。没关系，我让你多睡一会儿。"

过了一会儿，他再次试图叫醒赫克托。

"嘿！赫克托，你该醒了！我为我们准备了一顿丰盛的晚餐，各种各样的东西，都是最好的，你喜欢吃的都有。"

"喂！你怎么不醒呢？"

玻利瓦尔坐在那里看着风吹过水面。

白天，玻利瓦尔把赫克托从冷藏柜里抱出来，让他靠在船壳上坐着。晚上，玻利瓦尔把他放在冷藏柜里，伸直他的胳膊和腿，问他是否舒服。然后他自己也爬进去，把赫克托搂在怀里睡觉。玻利瓦尔做梦了。梦中是无尽的黑暗，直到他梦见自己是赫克托，被困在破碎梦境里的赫克托。玻利瓦尔尖叫着醒来。他躺在那里听大海的涛声，睡不着觉。月亮出来了，苍白的月光洒在船体上。

玻利瓦尔哭着把赫克托轻轻地从冷藏柜里抱出来，

哭着让赫克托靠在船身上，放好他的胳膊和腿。"听着，赫克托，我有鸡肉给你吃。今天的天气不错。你看太阳，天上有云，但你肯定还是可以看到太阳的。希望我知道该怎么解释太阳是多么好看。它是柠檬色的，你可以看到同样颜色的阳光在水面上闪闪发亮。我知道你已经看腻了这些东西，但这个世界还是很美的。要是所有人都能看看就好了。"

玻利瓦尔试着吃东西，却做不到。他观察天气。他看了又看，直到什么也看不见。他试着徒手捕鱼。然后，他干坐着不动。一个很久以前的声音低声唱着歌，他开始低声哼唱起来。自从他长大以后，他就没有听过这首歌了。他只是隐约记得一些歌词，他跟着唱，眼泪顺着他的脸流下来。

玻利瓦尔坐着大声说话。他还是吃不下东西。他啜了几口雨水，漱了漱口，然后咽了下去。

他说："我们的水又快喝完了。"

他又说："我觉得你就是只虫子。你觉得呢？现在你是我最亲密的朋友。生活真奇怪，不是吗？它总是试图欺骗你，让你做错事。"

"你知道吗，我回家后要做的第一件事就是去看我的女儿。然后我要去见罗莎。或者我可能先见罗莎，因为我必须回海滨。也许那些兽性的冲动会回到我的身体里。已经过去很长时间了。她见到我一定会很高兴。然后我就去见亚历克莎。我会保持冷静的，非常冷静地去看她。也许罗莎会跟我一起去，她会帮我，她会知道该怎么做。"

"听着，赫克托，我想你是打了个赌。我想你下了这个世界上最大的赌注。但我下了一个不同的赌注，我会证明你错了。你会看到，我的希望一定会实现。"

太阳升起又落下。玻利瓦尔不清楚自己有没有睡着。他坐着，看着自己的手在颤抖。他抓住赫克托喊道："这都是你的错，我没有错！"他转而对付自己，捂着脸大叫，让自己安静下来。他无法控制地抽泣着，闭上眼睛，靠在船身上。

当他醒来的时候，他开始尖叫，挥舞着手臂赶走正在啄赫克托的脸的鸟。

鸟儿一哄而散，飞走后在海面上盘旋。

玻利瓦尔盯着赫克托那双被鸟啄出来的眼睛。

他开始扯自己的头发。

他说："我很抱歉，赫克托。对此我很抱歉。都是我的错。我没有照顾好你。请原谅我。"

他像抱孩子一样抱起赫克托，把他揽在怀里。他对着天空哭喊，跟着开始咒骂自己："你是个无知的傻瓜，一个小丑，一个傻瓜。你根本就不该出生。你连当渔夫都不够格。"

他静静地坐了很长时间。他觉得自己睡着了。当他醒来时，赫克托还在他的怀里。大海和天空在阳光的照耀下不再连成一片。他细细端详赫克托的脸。赫克托的皮肤很松弛，呈灰白色，唇角挂着一丝微笑。

玻利瓦尔不可置信地盯着。

"这是怎么了？"他说。

他放下赫克托，对着船大发雷霆。

他站在赫克托身边，大喊起来：

"听着！我受够了。我知道你还没死。所以，请不要再假装了。"

他摇了摇赫克托，又把他放下来，继续大喊大叫：

"没有你，我会过得更好。从一开始你就是个麻烦。看看你。你真是浪费生命。你本来可以做很多事情的。我会告诉他们你都做过什么。我会告诉他们你给我惹了多少麻烦。你只不过是一只虫子。"

他抓住赫克托的胳肢窝，把他拽起来，倒退着向船边走去。然后，他一用力，把赫克托抬过舷缘，就这样他抱着赫克托的身体站在那里。

他无法松手。

风把赫克托的头发吹到玻利瓦尔的脸上，他把满是咸味的头发吐了出来。

他想让自己放开赫克托，但他的手臂仍然紧紧抱着赫克托的身体。

他尖叫起来。

他又叫了一声，松开了手。

赫克托的身体滑入水中时几乎没发出一点声响。

他凝视着自己空空的双手。

第四章

玻利瓦尔躺在冷藏柜里为他的朋友哭泣。

他忘了吃东西，只是不时地喝点水。他看着阴影落下，看着阴影一点点吞没小渔船。阴影就如同一个东西的生命力。这是他的想法。生命的力量试图逃脱事情、人体或物体的命运。影子逃离了枪管，逃离了刀。他惊恐地盯着自己身体的问题。阴影逃离他那发黑的脚。阴影逃离他的小腿、膝盖和大腿。他想，很快他就什么都不剩了。

玻利瓦尔的手上都是汗。他坐起来，身体向前倾，试着呼吸。他爬出冷藏柜，随着影子移动，他感觉胸口发沉，喘不过气，像是有什么东西在紧紧地抓着他的胸膛。他望着大海，大海带着他的目光穿过渐弱的光晕，向着某种看不见的庞然大物望去。尖叫声在他的身体里积累。他转过身来，盯着空船，胸口紧绷，突然感到一阵眩晕。他抓住船舷吸了一口气。

很长一段时间他都不敢动。

他告诫自己不要眺望大海。

他看了过去，大海把他的思想带到最远的地方，直到思想与它自己重合。

他发现自己跪在地上，好像在气喘吁吁。他的眼睛紧紧闭着，不看日光。他用拳头击打船壳，吼出赫克托的名字。

"你这只愚蠢的虫子！你做了什么？你怎么能丢下我一个人？"

他站起来，踢了一下船身，号叫着抓住自己的脚，在船里一瘸一拐地叫着赫克托的名字。

他凶狠地盯着黑暗，对着它尖叫，直到声音嘶哑：

"看看这一切吧！"

"你都对我做了什么！你这个混蛋！"

"我现在该怎么办？"

他靠着船身坐着，抱着自己的脚。过了一会儿，他交叉着双臂，一动也不动，沉浸在自己的思绪中。

他告诉自己，这样就能睡着。

他告诉自己，如果自己不动，就不用思考。

有一个念头从最黑暗的地方袭来。

它说了什么？

面对吧。接受这件事的后果吧。

只剩下你一个人了。

玻利瓦尔从最黑暗的睡眠中猛然惊醒。有只手碰了碰他的肘部。他睁开眼睛，感觉天气闷热，一丝风都没有。他转头面向太阳，他的胳膊和腿都像是在燃烧。他感觉小渔船上还有一个人。他有些困惑地坐起来，用一只手朝着太阳的方向击打着。他在寻找梦的残迹，但他并没有做梦。他刚才就是这样躺在甲板上睡着了，炽热的太阳照耀着船壳，把它晒得像一块干巴巴闪着光的骨头。

他发干的舌头在嘴里搜寻着。

他跪在甲板上，寻找着水。

就在这时，他看见了赫克托。

他尖叫起来，双手在空气中乱抓，尖叫声在他嘴里消失了。他的思想希望身体向后退，但他一动不动地站着，只有他的胳膊能移动，思想透过沉重而炽热的血液尖叫。

赫克托仍然平静地坐在船尾，双手搁在膝盖上。他瞪着一双被海鸟啄出来的眼睛，注视着玻利瓦尔：

"你好，胖玻。"

玻利瓦尔闭着眼睛蹲在地上不肯看。鸟在他身后的鸟舍里尖叫着。他低声说："你是在睁着眼睛做梦。"他睁开眼睛看了看，又闭上了眼睛。

他低声说："如果你不看，你就可以用意志力将自己叫醒。"

他的手轻轻地在刀上滑动。

船体很热，他的皮肤和脚底都感觉到十分灼烫。他把身体贴着炽热的地方，希望疼痛能将自己唤醒。他拖着沉重的身体，闭着眼睛缓慢地坐在船头的座位上。热气在他的喉咙里蠕动。他把刀拉向自己的身体。他睁开一只眼睛，又睁开另一只。赫克托坐在船尾的座位上，张开的手放在膝盖上，头发散落在脸上，一丝淡淡的微笑挂在他的嘴角。玻利瓦尔向前倾了倾身子，好像想通过那双被鸟啄出来的眼睛看到点什么。他向后靠了靠。

赫克托说："我知道你在那里，胖玻。"

玻利瓦尔有很长一段时间都说不出话来。他坐在那里，咬着舌头，盯着赫克托，似乎盼着自己看到的一切都是个梦，他可以从中醒来。

赫克托平静地噘起嘴，吹开挡在脸上的头发。

他开始移动，他那憔悴发黄的身体向上翘起，盲目地把手伸向船舷。他沿船舷从冷藏柜的后面绕了过去。玻利瓦尔爬到另一边，几乎无法呼吸。他不能看着赫克托摸索着走向船头，俯身向鸟舍，咯吱咯吱地撕咬着鸟肉。然后，响起了水被倒向船外、空桶被扔进船体的声音。

玻利瓦尔可以感觉到赫克托转向自己所在的方向。

赫克托的身体在移动。

玻利瓦尔睁开眼睛，挥舞着刀，咆哮着让赫克托退后。

他看到的是赫克托微笑着停了下来，身后是一团鲜血和羽毛。年轻人开始走向冷藏柜，摸索着进去坐了下来。然后探出身子，瞪着一双瞎眼。

"放松，胖玻。我只想谈谈。"

玻利瓦尔试着说话，但他的舌头粘在字句上，就是发不出声音。他的嘴里发干，却还是费力地咽了咽唾沫，找到很低的声音。

"你是什么？魔鬼？"

笑容从赫克托的脸上消失了。

他说："你是什么意思？我是赫克托，你最好的朋友。"

良久，玻利瓦尔一直蹲伏在船壳上，用意志力驱使自己的眼睛去看赫克托。他在脑海中看到自己的手明明松开了赫克托的尸体。赫克托的尸体分明滑入水中，沉入了深深的海底。他注视着此刻轻松地躺在冷藏柜里毁坏严重的身体。赫克托肋骨处的皮肤上布满了皱褶，脖子上生着疖子。

他拿起刀，割了一下自己的屁股。他看着血从伤口流出，还尝了尝血的滋味。

他端详着海洋。

他告诉自己这一切都是真的。

海面上有热气蒸腾着。

太阳照射在水面上，发出耀眼的光。

玻利瓦尔站起来时，船身突然嘎吱响了一声。

他低声说："这些都是真的，但你疯了。"

他深深地吸着沉闷的空气，把身体探出船外，呼吸着海上带有咸腥味的空气。他看着，只见水下深处有鳐鱼在游动，影子鸟在缓慢飞行。

就在这时，赫克托把手放在玻利瓦尔的肩上。

玻利瓦尔往后一跳，尖叫一声，刀掉在了地上。

赫克托说："放松点，胖玻。"

玻利瓦尔凝视着那把刀。他凝视着赫克托那双被啄出的眼睛注视着刀可能掉落的地方。玻利瓦尔动了一下，他抓起刀爬到船尾，坐在那里，刀尖冲外。

赫克托爬回了冷藏柜。

他说："真的，胖玻，你应该和我一起在这里待着。外面热得要命。"

夜里，赫克托开始叫玻利瓦尔，玻利瓦尔不安地躺着，无法入睡。黎明时分，赫克托从冷藏柜里溜出来，望着玻利瓦尔。

他说："胖玻，我们有足够的时间思考。有很多要讨论的。你是哪种人？你不像你说的那么简单。胖玻，你肯定明白这一点的。"

玻利瓦尔把刀放在手掌上。

一只不知名的白鸟降落在船的边缘。赫克托突然向前倾身，盯着那只鸟，好像能看见那只鸟似的。玻利瓦尔注视着那只鸟用黑色的喙试探着。它迅速摆动着翅膀，向甲板冲去。

它走向盛有海水的容器，啄着里面的肉。然后它后退几步，仿佛本能地意识到自己吃的是同类的肉。赫克托把肉推向那只鸟，笑着看着它将肉吃掉。

"总是有选择的，不是吗，胖玻？有选择，就得接受后果。一件事导致另一件。所有人都明白这一点。"

玻利瓦尔不敢正视赫克托的眼睛。

赫克托说："一个人能了解自己什么？这是一件难事。每个人都不一样。就说你吧，胖玻，你认为生活是一件简单的事情。然而，我们必须始终关注意志的问题。一个人是什么样的人，取决于他有多大的意志。人对自己的意志了解多少呢。意志决定人生的道路，无论意志是否盲目。每个人的情况都不一样。我们必须想想，胖玻。意志是你内心的表达。那时候在海滩上，你知道你自己在做什么吗？你的意志就是要驾船出海，驶向远方，就这样遇到了风暴，我的死亡也是因此而起。你没有质疑你的行为的根源。那根源是什么呢？也许是一种非常黑暗的根源，是位于你内心的一个未知的根源。胖玻，那个黑暗的根源让你盲目，会引导你从一件事到另一件事。一直以来意志想要的都不只如此。你看，胖玻，你不是人，而是一个不会思考的东西。你其实就是一只动物。你有一种基本的本能，你是一只受本能支配的动物。你以为你是的那个人，其实并不存在。这意味着你并不存在，胖玻。真的，你什么都不是。这很容易理解。"

玻利瓦尔睡眼惺忪地坐着，将刀放在手掌上。他能听到鸟啄肉的声音，也能听到赫克托的轻笑声。

玻利瓦尔从痛苦的睡眠中醒来。他睁开眼睛，只见天空阴沉，水消失了，他什么也看不见。就在这时，他听到赫克托从冷藏柜向外移动，连忙握着刀。赫克托的身体仿佛在黑暗中飘浮。然后，赫克托的低语在很近的地方响起。

"你睡着了吗，胖玻？你想知道她怎么了吗？你想知道你的孩子怎么了吗？要我告诉你吗？"

"离我远点。"

早上，玻利瓦尔正在拔一只鸟的鸟毛。赫克托爬出了冷藏柜，用一只瘦削的手摸索着穿过小渔船走了过来。

玻利瓦尔拿着刀转身面对赫克托。

"胖玻，你睡得好吗？"

他们之间一丝风也没有，十分闷热，终于一阵风吹来，把赫克托的头发从眼睛前吹开。

玻利瓦尔注视着赫克托毫无血色的脸。

赫克托用一双瞎眼牢牢地锁定着玻利瓦尔。

玻利瓦尔喊了起来："你没有眼睛。鸟儿吃了你的眼睛。你为什么装作自己能看见？"

赫克托耸耸肩，张开双手。

他说："失明也是一种看见，不是吗？当我们做梦的时候，我们不就是眼盲的吗？然而我们看到了。有时我们看到的还非常清楚。梦揭示了你害怕看的东西，以及你不敢想的东西。有多少人在梦中寻找真实的东西？你从没想过去看，胖玻。所以我看到了对你来说真实的东西，看到了你不允许自己看的东西。"

"我说了离我远点！"

"你抛弃了你的孩子，胖玻。她可是你唯一的女儿。"

"我说过别来烦我。"

"她多大了？十三四岁？这个年龄的孩子是什么样的？"

玻利瓦尔的呼吸在嘴里凝固住了。他不敢动。他一遍又一遍地对自己说："不要听那些话，他的话都是谎言。"

他僵硬地向后移动，退到船壳边蜷缩起身体。他闭上眼睛，不再看刺眼的光线。他把刀压在手上，品尝血的味道。

赫克托说："女儿站在父亲的阴影里。告诉我，胖玻，那个男人是谁？父亲是一个怎样的男人？那个人跑开了。你能看见他，对吧，你能看到那个飞奔的影子。你知道她现在在哪儿吗？你知道她的故事吗？那个孩子从未得到过你的爱。我来告诉你吧，胖玻。我要告诉你，你播下了什么种。当一个女人不懂得爱的时候，她就会在爱面前表现得卑微。你女儿变成了妓女。是的，很多很多男人都和她亲热过。你离开的那个大集团里就有很多男人得到过她。他们把她当狗。他们一个接一个地和她在一起，然后割断她的喉咙，把她扔到山上。这一切都在意料之中。你不在她身边，所以不能保护她远离这种生活。不是有句老话吗，'没有付出，就没有收获'，胖玻，你不觉得吗？"

玻利瓦尔坐在那里抓着脸。他的胡子被眼泪和血弄湿了。他的颧骨被自己的拳头打肿了。他摇摇头，对自己说："他的话都是谎言，谎言，他不可能知道真相，他怎么会知道真相呢？"他扯了扯头发，凝视着她的脸。她的面孔由阴影绘成，转瞬即逝，半明半暗，就像一朵没有血色的水中花。他低声念出女儿的名字，直到她的名字在他听来显得陌生。他问自己："你以前是什么人？你以前是什么人？你以前为什么要那样？你都做过什么？"他痛苦地握紧双手。

玻利瓦尔蜷缩着身体靠在船身上，瘦削的影子从他的身体延伸出来。他的双手剧烈地颤抖着。这时，一个念头攫住了他。他猛地抬起头，咆哮着："这不是真的！我一定会听到的！我的表弟知道去哪儿找我。除了他没有人知道。"

他狂笑了一声，爬了上去，拿着刀，大声呼喊着赫克托。

"你是个骗子。"他说，"我知道你在做什么。你想骗我。你想把这条船据为己有。"

赫克托说："你的表弟早就死了。"

他又说："当心那把刀，我看不见你过来。"

赫克托开始从冷藏柜里爬出来。玻利瓦尔看着他摸索着走到鸟群边上。在一堆死鸟中，只剩下三只活鸟，有两只海鸥和一只燕鸥。赫克托虽然看不见，却还是飞快地拧断了每只鸟的脖子。他把它们扔到海里，然后转向玻利瓦尔。

"胖玻，你要做的是毫无意义的。你不能逃避。当你做了一件事，它就会被写进你的生命里。"

玻利瓦尔用手指捂住耳朵。

赫克托伸出双手，凝视着它们，好像每只手都在衡量某种真理。

他耸了耸肩。

他说："你妈妈叫什么来着？"

就在这时，玻利瓦尔转过身来，睁开眼睛，瞪着赫克托。他抓起刀，朝赫克托走去。

"我警告你。不要提起她。"

"对了，叫埃斯特尔。她就叫这个名字。你很少提起自己的母亲。好像你也想忘掉她。那可是奇耻大辱，你不觉得吗？甚至可以说是犯罪。分娩是一个母亲必须肩负的重担。每一次分娩都会对母亲造成伤害，这是真的，因为孩子是通过心脏出生的。心被爱撕裂了。这是一个永远无法愈合的伤口。但有个问题，胖玻，儿子为母亲做过什么作为回报？就拿你来说吧，你封闭了你的心。她眼睁睁看着你抛弃了她，胖玻。你拒绝了母亲的爱。是的，可以说男人都会这么干。但你却从她的生活中走了出来，就像关上门一样简单。她一遍又一遍地问自己哪里做错了。她开始诅咒自己的子宫。她想把它撕碎，让自己没有机会生下你。她从来不知道你怎么样了。她死的时候，想见你一面都不行。是的，胖玻，这一切都发生了……"

玻利瓦尔慢慢弯下腰，捂着耳朵，低低地呻吟着。"她没死，她没死，他在撒谎。"他内心在歇斯底里地尖叫着。尖叫声从他移动的身体里发出了回响。当玻利瓦尔的身体靠近赫克托时，他伸出的手抓住了赫克托的头发和喉咙，这双手把赫克托拖过甲板，举起赫克托搭在船的边缘。年轻人又是尖叫，又是恳求，他的手没有力量了。玻利瓦尔大声咒骂着，把赫克托扔进了水里。他盯着眼瞎的赫克托在水里扑腾。赫克托伸手想抓住点什么，但在大海里，他的心灵无所依托，是盲目的。年轻人一会儿向这边，一会儿向那边，没有东西给他抓。他尖叫一声，对着玻利瓦尔喊道："救我，我看不见……"

过了一会儿，赫克托没有声音了。玻利瓦尔注视着恢复平静的水面。

玻利瓦尔精疲力竭，气喘吁吁地靠在船舷上。他的头耷拉着。他放在腿上的手颤抖着。他不想思考。但他的心却在他的身体里呐喊。

"你为什么这么做？他们肯定知道你做过什么。很容易就能想到的。他们会问，赫克托在哪里？到时候你根本回答不出来。他们会说你杀了他，把他吃了。你怎么能证明你没有那么做呢？"

"以牙还牙。"

"以牙还牙。是的，这是天经地义的。他们会找人杀了你。"

他看见他们站在自己前面。他和他们说话，恳求他们，他们在他说话时端详他的脸。

"听着，是这样的。他不肯吃东西。是他把自己饿死了。我能做些什么呢？他有一个疯狂的想法，觉得他自己就在上帝旁边。是他的精神首先放弃了。接着，他的身体也放弃了。"

"听着，他在暴风雨中淹死了。我试过救他的。事情发生得太快了。是那场暴风雨带走了他。海浪有两层楼那么高。我无能为力。"

一个声音从梦中传来。哗哗啦啦。哗哗啦啦。玻利瓦尔从断断续续的睡眠中醒来，希望可以再醒一次。他眨了眨眼，只见眼前弥漫着一片血色的光。他自己的血是那么沉重，那么不情愿，他那干巴巴的舌头粘着上颚。他坐在那里，看着空空的冷藏柜从阴影中显露出来。风盲目地吹着。无声的光在船上传播它的血液。刀放在他的大腿上。就在这时，在光线的蔓延中，他看到船体上刻的一条条线。他的呼吸停止了。他的身体向前倾。

他看到了无数以前就刻上的痕迹。那是无数纵横交错的线条。他痛苦地吼叫一声，伸手去摸刀。他跪在船壳上，开始刮掉上面的线条，可是现在线条那么多，表明过去了一个又一个礼拜，他的精神已经无法去面对了。刀削着船身，就在这时，他转过身，看见赫克托站在身旁。

他吓得向后一缩，尖叫起来。

"你好，胖玻。"

热气静静地停留在水面上。赫克托坐着，面带微笑。他手里摆弄着一只死燕鸥。鸟血滴在甲板上，弄湿了他的手指。他眼睛一眨不眨地盯着玻利瓦尔。

赫克托说："真叫人不敢相信啊，胖玻。你竟然想杀我。这样说来，你就成杀人犯了。而且，这可不是第一次了。那时候在山上也是。你现在在逃避什么？你拒绝讨论的是什么？即使你没有这么做，你也是同谋。"

玻利瓦尔试图压下在喉咙里积聚的胆汁，想要说话。血液缓慢而沉重地涌进了他那只抬起来的手。他伸出一根手指指着。

"这不是真的。"

"那时候你在山里都看到了，对吗？也许不是你做的。也许是你做的。也许你想过这样做会有什么后果。你知道他是谁，对吧？就是你埋葬的那个人。他在你们镇上工作。你认识他很多年了。你知道他是谁。他是一个男人，是别人的父亲和丈夫。他有了所有你得不到的身份。所以你从他那里夺走了你自己不能拥有的东西。是这样吗？一直都是这样吗？这不就是你逃跑的原因吗？你无法逃避你自己，胖玻。你什么都不是。这就是为什么所有这些谈话都是微不足道的。没有付出就没有收获。事情就是这样。所以，你应该自杀。"

雨云在远处的水域上方飘过，消失在了视线之外。玻利瓦尔看了看桶里，见里面只有一点水了。他用杯子舀了一点，喝了一小口，马上吐了出来。是尿。冷藏柜里回响着低沉的笑声。

赫克托整夜都很安静。玻利瓦尔在梦中见到了一张张面孔，在那些面孔的眼睛里，他看到了自己的耻辱。他不想醒来。当他醒来时，他能感觉到赫克托在等着。

赫克托用瞎眼看着。

"我知道你醒了。"

玻利瓦尔用拳头揉了揉眼睛。

"是这样的，胖玻。你们一生都在谈论自由。在加布里埃拉酒吧里，这是你最喜欢的话题。生活是多么简单。你说，听从你的欲望吧。听从你的腰和肚子吧。如果这些都不是真的，请告诉我。"

赫克托向前倾身。

玻利瓦尔无法动弹。

"你做你喜欢的事，你称之为自由。你说这个词的样子好像你很懂什么是自由。还有你孩子的母亲。你教会了她自由的意义，不是吗？女人被男人诅咒。子宫里有毒果实。还有你跟我说过的那些女人。你一个接一个地诱捕她们。还有可怜又单纯的罗莎。只要有别的女人，你就无视她。这就是你的生活：下一盘食物、下一瓶啤酒、下一个躺在你身边的女人。除了欲望和需求，你还有什么，胖玻？你只是用你的身体说话。你的身体有无数永不满足的本能。你只是在表达你身体的欲望。那是本能的表现。胖玻，我想说的是，如果你并不存在，就不可能有自由。"

赫克托沉默了一会儿，又说了起来：

"即使是现在，当你看着我的时候，你也在想为了生存你必须做些什么。但不是你在思考。这一切都不是你做的梦。你从来都不存在。这是幻觉。只有一个不受身体支配的人，才能理解自由的意义。告诉你吧，胖玻，只有选择死而不愿活的人，才懂得自由。而你，胖玻，从没活过。即使你想要真正的生活，这也是不可能的。所以，让我告诉你，胖玻，如果你想尝尝自由，那就……"

赫克托向前倾着身子，低声说：

"摆脱你的肉体。"

"杀了你自己吧。"

玻利瓦尔坐在那里，守着一具残破的身躯，他的双手在膝盖上颤抖。他的表情很平静，他没有注视白天被黑夜取代，只看到内心的黑夜将自己吞没。他不停地哭。他敲打自己的头、大腿，用拳头敲打船身。他看到的另一个人是很久以前的他自己。他对自己大喊大叫，但他的另一个自我却不听。他在做他想做的事，却什么都不听。玻利瓦尔无助地看着自己的一举一动。

赫克托向他靠过来。

他的声音现在变成了耳语。

"这一切都很容易理解，胖玻。什么是活着，就是你的意志与别人的意志一致。是简单的感情投入。比如手势和问候。又比如能让人理解的话语。理解产生责任和债务。这样的交易是生活的法则之一。这些事情会产生情感、纽带、奉献和对他人的忠诚。这就是感情的买卖。但你没有给予别人这些东西，胖玻。你既然不给予，那你就从未拥有过。你这辈子都是这样的。没有忠诚，变化无常，虚情假意。总是在逃避，像狗一样追逐你的意志。你从骨肉至亲的家逃走了。你从女人那里寻求安慰。这些女人跟谁上过床？她们只有身体，此外什么也没有。所以，胖玻，我可以把你生命的意义告诉你。真的，这很简单。它存在于你没有创造的东西中。人们已经忘记你的存在。用不了多久，他们就会忘了你。他们望着大海，为自己祝福。他们耸了耸肩，继续自己的生活。听着，胖玻，你没有触及别人的心。所以不会有人为你伤心。胖玻，你这一生毫无意义。大海不知道你的存在。所以你应该自杀。"

刀。刀在手上。手握成拳头。玻利瓦尔首先把刀尖对准自己。他坐在自己身体的阴影中，他看着刀，看着影子在船里渐渐拉长。影子比人更真实。他就是这么想的。他把刀抵在肋骨下面，这样坐了很长时间。寒意在他的皮肤上蔓延。他看着阴影在黑暗中越来越浓，直到它完全融入黑暗。

这时，一个声音从他的内心深处传来：

"不要听。他想杀了你，这样他就能霸占你的船了。"

他闭上眼睛，坐着不动。

有什么东西拍打着玻利瓦尔旁边的船壳。他立即睁开眼睛，看到一条银白色的饵鱼在甲板上扑腾。他困惑地盯着它，抬头望了望天空，又盯着那条鱼。在他身后，水面上传来一阵骚动。他转过身来，看见饵鱼正跃出海面。两只海鸥俯冲下来，鸣叫着拍打翅膀。他知道这是怎么回事。有鱼群遭到鲨鱼和其他大鱼的攻击，被冲散了。他看到几条海豚轻盈地扭动着。饵鱼落在甲板上，他连忙抓住它们，向赫克托大喊：

"看呀！真是奇迹！"

玻利瓦尔看着赫克托把一只干瘦的手搭在冷藏柜的

边缘，爬了出来。年轻人沿着船的边缘摸索着前进。一条饵鱼跳进船里，在赫克托的脚边扭动着。

赫克托叹了口气："你还在这里，胖玻。"

"是的，但是过来看看这个。"

"是什么？"

"你走近一点，我指给你看。看。鱼自己飞进了船里。这简直就是奇迹。"

"你知道我看不见。我的眼睛瞎了，都是你害的。"

"你好像说过你能看见。"

"我能看到别的东西。"

玻利瓦尔看着赫克托向自己走过来，年轻人把脸上的头发拨开。玻利瓦尔感受到鲜血唤起了一场突如其来的战争。这场战争超越了过去的麻木。

他说："我一直在听你说话，赫克托。我断定你是对的。"

赫克托微笑着，双手合十。

他说："事情应该是这样的。"

就在这时，玻利瓦尔抓住赫克托的头发，将刀紧紧地插进年轻人的肋骨之间。他把刀抽出来，开始割赫克托的脖子，年轻人被割开的咽喉发出了一声尖啸。玻利瓦尔松开赫克托的身体，弯下腰，继续割赫克托的脖子。

他喊道："这下子，你再也骗不了我了。"

他痛苦地吼叫了一声，把赫克托的脑袋扔到海里。他闭上眼睛，开始处理尸体。在鲨鱼游上来之前，海水里涌起了血沫。

玻利瓦尔看着这一幕，突然感到一阵寒意。他探身到水面上，大声呼喊赫克托，伸出双手，开始拍打自己的头。

赫克托的身体和头消失了，血液溶解在水中。

"我做了什么？我真的杀了人。"

玻利瓦尔在睡梦中哭了，却没有流眼泪。他从梦中痛苦地醒来，躺在那里感受着梦留下的感觉。他是个杀人犯。这个事实一遍又一遍地显现在他的面前。是他策划了赫克托之死。是他引领赫克托走上了死亡的道路，不是在船上，而是在海滨上。这是一个连他自己都不知道的秘密。他盯着自己，就像在梦里一样，想看看自己是谁。

他蜷缩着躺着，心中困惑不已，不知道哪一个是真的：他是在海滨上就计划杀死赫克托，还是在这里的船上计划杀死他？

玻利瓦尔凝视着落在水面上的梦。

"不管怎样，赫克托已经死了。是你杀了他。"

月亮和星星走错了方向。风已经停了好几天了。推动小渔船的海浪放慢了速度，小渔船也随着彻底停止了移动。

玻利瓦尔心想，你只要不动，就不会耗尽水分。

他尽量不吮吸舌头或牙齿。

他觉得他已经筋疲力尽了。

他从另一个梦中醒来，梦里他们要来杀他。他怀疑地端详着大海。他看到现在船已经转向面对北极星。

两天后，船向西南方向漂去。

"你在兜圈子。"

"你要回家了。"

"你要下地狱了。"

一连几小时，玻利瓦尔看着雨水落在远处的海面上，水雾四起。他摆弄着几个杯子。他闭上眼睛，能感觉到水让他的嘴巴不再干燥。血液再次净化，流入心脏。渐渐地，他看到飘来的不是雨而是雾。没有风，雾气依然平静地飘动着，仿佛是在跟着他的思想飘浮。空气变得湿乎乎的，粘在他的皮肤上，湿气在船壳上凝结成水珠。很快，小船上就覆盖了一层露水。他脱下T恤，吸着上面的水分。他在小渔船上爬来爬去，舔着船体上的水珠。他抬头一看，惊恐地发现大海已经退去。

　　玻利瓦尔在时间中迷失了。他就是这么以为的。他不知道自己在雾中弯着腰躺在冷藏柜里有多少天了，他的下巴碰着膝盖，他的嘴吸着衣服上的水分。他的精神品尝到了干净的水。水凝结在岩石上。水溅进他的杯子里。他不记得自从他上次在船壳上爬来爬去到现在过了多久了。

　　他抬起眼睛，听着雾中细微的回声，仿佛那声音本身就要消失了。

　　他坐了起来。

他听到了人说话的声音。有人在他旁边低语。

他仔细倾听。

他心想，这不可能是真的。

他的声音听起来又害怕又不确定。

"是谁？"

他听着。

一个女人在低声说话，但不是对他说的。

他不敢问是谁在说话。

他抓住冷藏柜。他们是在谈论他。

"是的，是真的。"那个女人说，"我这个儿子可不怎么样，但他和所有的儿子一样，因为生来是男人，所以就有罪。你怀胎十月……"

"妈妈……"

"你给他喂奶，把他抱在怀里。你为他做这做那，你做了一个母亲所能做的一切，你日日夜夜受到折磨，你得不到任何感谢。但你从未想过有一天他会抛弃你。有一天你一觉醒来，他已经不在了。直到现在我才知道他是个杀人犯。也许他一直都是这样的人。他肯定杀了我的一部分。不是我把他培养成这样的。我把他养大，并不是为了给其他人找麻烦。也许他是个杀人犯，谁知道一个人能做出什么事呢。但对我来说，我的亲生儿子已经死了。想想我的肚子一直装着这么一个一点用都没有的东西……"

玻利瓦尔躺着，抓着自己的头发，眼泪从他干涩的眼眶里流了出来。他扭动着身体，用双臂抱住膝盖。他嘶哑地叫了一声，但她没有听见，她正忙着和别人说话。

这时，他听到了另一个声音。

他试图用肿胀的舌头大叫。

"爸爸。你在这里做什么？你是怎么找到我的？"

"他这是在惩罚我们。也许他是在惩罚我们前世犯下的罪孽，谁知道呢。也许他不是我们的亲骨肉。我听说过这种事。我们的孩子在出生的时候就被人换走了，我们养大的不知道是谁的私生子。我看就是这样。看看这里有多少人出生。这很容易。我怎么能相信他是我的亲生儿子呢？看看他，他和我长得一点也不一样。我承认他给我打过一次电话，告诉我他很安全。但我怕你难过，就没告诉你这件事。我怎么能对你说：'听着，他会没事的，等他惹的祸平息后，你就可以听到他的消息了。'我也不能告诉他的妻子和女儿。毕竟过一段时间，他一定会在别的地方过上另一种生活，谁知道他在哪里呢。毫无疑问，他认识了别的女人。他一向都是这样的。不是我把他培养成这样的。我想知道的是，他怎么会是我的儿子呢？"

他希望自己有更多的眼泪，让眼泪夹着痛苦从哭泣的眼睛里流出。他的体内已经没有多余的水分了。他的肚子突然抽筋。他想象着那把刀寻找着他手腕上的血管。刀尖割破肉，顿时血流如注。他从自己的皮肤上吸走生命之血，血染红了他的嘴唇。

玻利瓦尔被说话声吵醒了。他不知道自己睡了多久。他知道他们还在谈论他。

他说："我要死了，给我点水喝吧。"

雾开始消散，如焦油一样冰冷的大海显露出来。

也许他们正坐船到处找你呢，他心想。也许他们也迷失了。

一只海鸟落在船舷上。他目不转睛地盯着那只鸟在甲板上蹦跳。

这时候，她又开始和别人说话了。他听到了另一个声音，连忙缩进冷藏柜里，开始揪自己的头发。

他低声说："亚历克莎，求你了，不要。我不想听。"

"我怎么会认识他呢？"她说，"他就像个幽灵，像我心中的影子。我几乎从不想起他。有时我梦见他，感觉他就在那里，但当我呼唤他时，他又走开了。也许我正在别的男人身上寻找他。这不是宽恕的问题。这罪由来已久，甚至比我的出生还要早。这就是我的看法。正如你所说的那样，他天性如此，他因生为男人而有罪。所有的男人都是这样的，也许并不是所有男人都一样。应该说许多男人都这样吧。也许这是一个选择。不该由我来评价。"

"他不是我的儿子。"

"上帝是魔鬼的父，魔鬼却是人的父。我总是这么说。他是按照魔鬼的形象造出来的。"

"他不是我父亲。我和他一点也不像。"

他自己的声音一遍又一遍地低语着。

"人是魔鬼的父亲。"

"父亲是人里面的魔鬼。"

"什么人在你看他的时候会有两次相同的表情？甚至我自己的丈夫。你在男人身上是听不到实话的。如果他是杀人犯，无论发生什么，他都是活该。我洗我的手。你不能指望母亲忍受一切。"

"他们让我决定他是否有罪。"

"他们是指谁？"

"他一定有罪。他决定了自己的命运，不是吗？这一切都是他一手造成的。"

"那么，他将孤独地死去。他断绝了与外界的一切联系。"

"下地狱就是耻辱。他很快就会知道的。这就是他的命运。他将审判自己。"

他能听到鸟足发出的很轻的拍打声。他在想鸟脖子上的静脉。突然，他向那只鸟猛冲过去，伸出的双手却什么也没有碰到。

玻利瓦尔醒来的时候，四周一片阴沉，雨不停地落下。小渔船在波涛上起伏。他几乎什么都看不见，他虚弱地爬出冷藏柜去摸杯子。他仰面倒下喝水，水滑过他肿胀的舌头。冰冷的雨水打在他的脸上，让他的皮肤变得敏感起来。他睁开眼睛，看到雾散了。他喝了很多水，月亮是不可能摘到的果实。

雨·连下了好几天。玻利瓦尔活了过来。这就是他的感觉。嘴在杯子的边缘。大脑感觉到水在体内工作。他几乎可以看见水冲刷着血液，血液冲洗着心脏。心灵在身体中更新。

他认为自己是被体内的干燥所引起的梦困扰着。然而，这个梦却活在他心中，仿佛是真实的。他听见自己低声说着什么。"他们不会的……他们为什么那么做呢？他们为什么要来？他们大可让我一个人去受惩罚。雨落在这片虚无的海洋上。这片大海无边无际，没有尽头。你永远也到不了尽头。你在这片虚无之中。你的存在是一个奇怪而孤独的事实。"

他把手放在心口上。

"但你的心还在跳动。那颗心跳动着，仿佛你什么都不是。是这颗跳动的心脏在感觉。"

他坐在那里，紧紧地抓着自己的胳膊，心里充满了孤独。

就在玻利瓦尔背靠船壳坐着的时候，他看到了。他只要不动也不睁开眼睛，就能看到她坐在那里。他目不转睛地看着，他的手一动不动。她从椅子上站起来。她的手放在椅子的扶手上。她转过身来。他试着看清楚。她的脸变得明亮起来。他坐在那里，揉了揉眼，想看清楚一点。她从小竹椅上站起来转过身。她从椅子上站起来，把椅子转到另一个方向。在她转身时，他可以看到她那头杏黄色的卷发搭在她的肩膀上。她穿着一件红色的羊毛衫，他差一点就看到她的眼睛了。他凝视着，屏住呼吸。她从椅子上站起来，转动着椅子，她耸了耸肩，噘起嘴。此时，她在看着他。他差一点就看清她的脸了。他试着看她的脸，但脑海中无法形成一个清晰的形象，他只是瞥了一眼，就再也无法看清楚。她看着他，他可以看到她说话时的嘴。“我不想。”她是这么说的。他问了她一个问题。他没有睁开眼睛。他没有呼吸。他不知道他问了她什么。她从椅子上站起来，她受够了，她转动椅子朝向阳光，同样的阳光照在她杏黄色的头发和绯红的脸颊上。这时候，他看到她举起手表示抗议。他差一点儿就看清她的脸了。"我不想。"她是这么说的。这就是她所做的。他记得很久以前自己看着她的眼睛，但他不记得当时发生了什么。他在做什么。之后他做了什么。他问了她什么。很长一段时间他都一动不动。"我不想。"他差一点儿就看清她的脸了。记忆如何看到感觉看不见的东西？他看到的是一张他感觉到的脸。现在他和她在一起。他正在帮她搬椅子。他把她抱起来，抚摸着她的皮肤。他把手指轻轻地按在她的脸颊上，感觉她的牙齿在动。他抚摸着她的头发，用指尖将发丝分开。他像这样坐了很长时间，他的眼睛紧紧地闭着，几乎没有呼吸。当他不呼吸时，他能感觉到她胸口处的微弱起伏。他可以这样抱着她。他双臂环绕着她，在她的耳边说话。他们皮肤挨着皮肤。他差一点儿就能看清她的眼睛了。

他低声说："我走了。"

"我走了，但是一场猛烈的暴风雨把我吹回到了你的身边。"

第五章

赫克托活着时不曾出现的月亮现在只剩下了一弯月牙。玻利瓦尔能感觉到体内的水在增加，他开始在甲板上踱步。他愿意做一些事。他的视线被虚无吸引。他不时能看到一些垃圾。先是一个看起来像聚苯乙烯泡沫的东西，接着是一群海鸥叽叽喳喳地飞过。

　　玻利瓦尔醒来时感到附近有什么东西。他的眼睛在半明半暗的光线中搜寻着，发现是一些塑料袋漂浮在船头边伸手可及的地方。他不知道自己是怎么听到的。他拿起木板，把塑料袋拉过来，小心地解开第一个袋子。他看到里面是一些医疗废物。里面的纱布都变了颜色。还有一些血迹斑斑的碎片，可能是布料。还有一些别的什么东西，他看了赶紧合上袋子，连连作呕。他把这个袋子扔到船外。他慢慢地检查第二个袋子。解开后，他看到了四个贴着褪色标签的塑料瓶。每个瓶子里都装着大约一杯量的棕色液体。他怀疑地嗅了一下，用一根手指蘸了点液体放进嘴里尝了尝。是一种工业液体，有点酒精味，还有股奇怪的树脂味，令人望而生畏。他把瓶子放到唇边，喝了一小口，液体马上就起效了，他突然感到十分清醒，浑身都有了力气。棕色液体流经他的血液，他能感觉到这种液体传遍了自己的手和腿。他想把船划上岸。他想游回家。他站起来，大声喊叫。他恢复了精力，开始走来走去。过了一会儿，他坐下来盯着瓶子看。他不在乎这些液体是什么。他倒了一点液体到杯子里，还说这是咖啡，他加了些水，把"咖啡"稀释了一下。

玻利瓦尔每天醒来，都把身体探出船舷。太阳越来越苍白。他用手舀起冰冷的海水。他洗了脸、手，再用咸咸的海水清洗皮肤上的溃疡。他用一块黄色的抹布擦干身体，这块抹布挂在褪色的钉子上。

他穿上短裤、T恤和赫克托的毛衣，现在那件毛衣已经很合他的身了。他喝"咖啡"，但不吃东西。他能找到什么就看什么。一本属于他父亲的书或者一份能叫他回忆起往事的报纸。他凝视着报纸上家乡的人的照片。他们的形象掺杂在一起，如梦似幻，不停地流动着，一会儿形成，一会儿发生变化。

他坐着，感受着棕榈树绿色的叶子摇晃着，感受着海滩上的阳光。在海滨上，明亮的绿色树叶投下阴影，呈现出灰绿色。他想象着人们走过，他们行走的动作，他们的手软绵无力，肩膀转动着，脚踩着沙子，脚趾是弯曲的。他们说话的时候，嘴巴很灵活，湿漉漉的。他想象着从一个地方走到另一个地方，自由轻松地行走是什么滋味。每一个人如何不假思索地移动着，他们每天都是这么过来的。

他会绕着冷藏柜走上很长时间。他的脚沿路走过摇摇欲坠的桥，经过现在满是游客的海滨小屋。一辆烧柴油的小货车驶过。梅莫正在测试一台舷外发动机，可以听到轰隆隆的响声。他从一些人身边走过，他们穿着T恤衫，身上散发着汗、鱼和啤酒的气味。番石榴叶在炭火上燃烧着，散发出一股香气。烧鱼的香味扑鼻而来。

玻利瓦尔端详着这个世界的轮廓。夜色深沉。他竖起耳朵聆听着寂静。一种逐渐觉醒的感觉向他袭来。在这片大海里，你是什么？他想象一片大海上满是集装箱船和油轮，每艘船都是真实的，不停地行驶着，但所有的船在行驶的时候都没有发出半点声音，而寂静本身也在这个永远寂静的世界中穿行。他看着随着浪涛漂流的小渔船。他看着自己那坐在船上的肉体。他审视着在这个外域漂泊的感觉，直到他不能再评判自己。

　　而你却在这里。

　　他想了想，却无法理解。

　　他想到了自己面对死亡的不同方式。被海浪吞没。遭遇一场突如其来的风暴。饥饿使身体漂流。口渴使人的思想脱离身体。但他知道自己会活下去。这是一种存在于他内心的感觉。他试图审视这种感觉，但无法向自己解释。

　　他问："你怎么知道？这种感觉从何而来？"

　　他心想，也许这是一个概率问题，重要的是要做正确的事。有鸟肉可以吃。如果你幸运的话，还会有鱼吃。桶里有水。你想尽了办法保持头脑清醒，也许你还能活下去。

他注视着被月亮冲洗的黑暗。

他凝视着远方一颗星坠落在水面上。

他知道那颗星，因为有一艘船发出了宝石般的光亮。

现在亚历克莎总是和他在一起，玻利瓦尔看到的她既是个小孩子，也是个年轻的姑娘。她坐在那里，出现在他视线的边缘。她坐在竹椅上咯咯地笑。她长大了一些，正在看一本书。她涂上口红，穿上外套。他把自己做的许多事情都告诉了她。他说："你不会相信的，我已经老了，回家时已经变成另一个人了。这一切都要归功于你。你必须先走一条路，然后才能回来。不都是这样的吗？"

他脑子里满是要对她说的话。他可以看到自己在她的门前很谦卑。他低着头坐在她面前，双手交叉放在膝盖上，不敢直视她的眼睛。

"我没能给你父亲该给的安慰。"

"我也没有给其他人安慰。"

"我现在明白了。"

他耸了耸肩，听到自己在嘀咕："也许不该怪我。"他想了想。一个人如果还没有面对现实，也许就不该受到责备。谁能知道一个人在什么时候、怎么样遇到现实呢？这趟旅程需要多长时间？重要的是他遇到了现实。

三天来，玻利瓦尔抓了四只鸟，把它们关在鸟舍里。他每天克服疲劳绕着冷藏柜跑步，感到关节吱吱作响。他想，你肯定老了一点。也许十年左右，也许更久。他的舌头抵着牙龈上的一个洞，那是一颗白齿脱落后留下的，他不记得那颗牙是什么时候掉的。他的指甲发黄、起皱。他的手不再是他所熟悉的那双厚实的手。他的手腕变细了。他的肩膀上的骨头非常突出。

他凝视着大海，希望能看到自己的样子。

一个模模糊糊的长发陌生人回望着他。那人的脸上满是胡子。

他冲着那个在水中看着的替身摇了摇头。他举起一只手，替身的手做出了一模一样的动作。他开口呼喊，他面前的那张嘴也张开了。他转过身来，但在转身的那一刻，他感觉自己的替身还在水面上，一动也不动。

他把身体探出船的边缘，目不转睛地盯着水面。

数日以来，远方一直电闪雷鸣，几百英里外的天空中电光闪闪。玻利瓦尔感到了一种古老的敬畏，一种无法触及的混乱感。他醒来闻到了一股微弱的硫黄味。他可以看到在昏暗的光线下，小渔船已经穿过了一艘大船的尾迹。水面上漂浮着褪色的废物。船上的人是谁。他们全都化为了乌有。

如同覆盖着一层大理石的海水快速上涨。他倒了"咖啡"，走过去坐在冷藏柜里，随后站起来检查水桶。他深深地吸了一口气。空气里的气味不同了。要下雨了，而且会一连下几天。

他小心地把鸟肉切成小块，泡在海水中，再放进冷藏柜。他解开囤积的塑料袋，把它们分类。那些袋子有不同的颜色，上面印着不同的字体。他研究着褪色的商标、看不懂的文字，看着上面那些污损的文字和表意符号。有那么一刻，他仿佛看到自己处在人类存在的最后几天里，对这些塑料袋感到迷惑不解，认为它们是远古失落了的种族遗留下的东西，所有这些文字都被海水耐心地冲洗得荡然无存。他拿起一个透明的长塑料袋，套在头上，撕开了一个洞，让嘴巴露出来。他把袋子取下来，穿上剩下的衣服：两条短裤、两件T恤、两件毛衣。他还戴上了帽子。

无论是什么结果，他都等待着。

风卷起塑料布，把雨吹了进去。一连好几天，玻利瓦尔都浑身湿透。他的牙齿发出毫无节奏的咯吱声。他心想，你的骨头会变成油灰的。他爬出冷藏柜来到雨中，用一只手拿着塑料袋贴着身体。他开始以步行速度奔跑，还把膝盖抬高。他一边跑，一边活动下巴，用空着的手握拳捶打胸膛。在第三圈时，他滑了一跤，大海成拱形装饰着低垂的天空。他气喘吁吁地仰面躺着，臀部隐隐作痛。他紧抓着自己的身体躺在那里，一动也不敢动。他凝视着消失了的太阳和不停落下的雨，雨似乎给了时间一个形状，时间慢慢地变得湿漉而笨拙，在一瞬间里显露出来。他爬向冷藏柜，不知道自己为什么笑。

玻利瓦尔在波涛汹涌的大海中醒来，抓着自己的屁股。他畏畏缩缩地爬向杯子，把它们收集到一个塑料袋里，绑在一个钩子上。他抓住座位，站了起来。他站在那里望着大海，凝成一团的沉重的光线向下扩散。气温快速下降，下起了冰雹。他开始感觉到皮肤刺痛，头发都竖了起来。他试图迅速向冷藏柜移动，但一道闪电击中了他面前的海面。他叫了一声，爬了进去，闪电光还留在他的眼睛上。他试着在聚苯乙烯泡沫床上躺得舒服一些，而不碰到冷藏柜。

几天来，大海上波涛汹涌。在黑暗中，雨仿佛落进了永恒的深渊。玻利瓦尔感觉到自己的灵魂与肉体分离了。他闭上眼睛看着，好像他正在变成另一个人。他坐在座位上，看着闪电击中大海，然后他转过身来，看着在冷藏柜里的自己。他发现，如果他屏住呼吸，他可以在暴风雨中飘起来，可以飘到海面上方，那样他就能看到小渔船犹如一个模糊的斑点，月亮挂在海面之上。

等到风暴减弱，玻利瓦尔几乎无法动弹了。他感觉自己的上半身疲惫不堪。他浑身湿漉漉地躺在那里，咳嗽不止，手臂绵软无力。在记忆中，风暴依然像是一张尖叫的黑暗大口压下来。他看着黑影，亚历克莎就坐在那里。他说："因为你，我还在这里。"他看着黎明照亮这个世界。桶里现在有四分之一的水。他喝了一大口，洗掉脸上的盐。他喝了一些"咖啡"，看到剩下的"咖啡"只够喝几天了。他不能去跑步，他的屁股疼得厉害，他几乎连路都不能走。他爬回了冷藏柜，等待着。

玻利瓦尔坐在那里，凝视着自己生命的源泉。他能感觉到他身体里有什么东西在动，想要活下去的意志十分不安，想要逃走，就如同一个即将消散的影子。在晚上，有时在白天，他开始脱离他的身体。他开始相信他只是自己的替身。有时候，他醒来的时候会被一种空虚感包围，感觉自己在别处。他一直在琢磨精神和肉体分离的问题，直到他感到厌烦为止。如果精神和肉体永远分离，会是什么感觉，如果控制他的替身，永远抛开另一个自己，会是什么样子。

玻利瓦尔去了他过去住过的地方。他站在暗处，屏住呼吸。随着一声微弱的嘎吱声，装有铜把手的门开了，他轻手轻脚地走进她的房间。夜晚的窗口像是在呼吸。他的女儿正在睡觉。她那头乌黑的头发落在枕头上。

大海的起伏恰似她的呼吸。

她突然转过身来，好像被惊醒了似的。她凝视着黑暗，似乎能看见他。她叹了口气，含含糊糊地说着什么。

她说的是他在她耳边说过的话。

她翻了个身，又睡着了。

他心想，也许事情就是这样。你其实就是在房间里看着她，从某种程度上说，她感觉到了。很多事情都可以这么解释。

他去了他父母的家。他从那条在门口睡着的又老又聋的猎狗身上跨了过去。他看到父母在那里沉睡，他们的身体都有些佝偻。他凑过去看母亲，她的脸在路灯的灯光下显得有些憔悴。他闻到了熟悉的气味。有解充血药的气味。擦过的地板上散发出的洗涤剂的气味。还有蜡烛油的气味。

　　玻利瓦尔去了他从未去过的地方。他想象城市广阔、拥挤，充满节日色彩。当他走在街上时，一张张脸像是画出来的面具一样若隐若现。他如同鬼魅一般进入不同的房间，坐下看别人吃饭，看着他们边吃边看电视和手机。

　　他走进一个房间，和一群男人站在一起，怒吼着观赏足球比赛。他走进另一个房间，看到一个大块头男人压在一个女人身上。

　　他闻着雪茄的烟、潮湿的报纸、煤渣和一盒酸橙的气味。他剥了一个酸橙，把它放在鼻子前。他闻到了焦辣椒的气味，挤了一些酸橙汁在舌头上。他走进一家面包店，闻到了酥饼的香味。他把一些面包弄碎，把面包屑扔在地上。

　　他把做梦也想不到的食物摆在自己面前。比如不知名的肉和泡菜。为了好玩，他会舔大蒜、盐、胡椒、芥末，以及一种带有巧克力味道的肉配菜。他吸吮着甜辣椒。

每天晚上，他都去找女人。

一些垃圾被冲到小渔船边。玻利瓦尔捡了一些，把它们分类。有塑料袋和瓶子，海藻，缠结在一起、已经无法使用的碎网。他检查着一个变脆的空袋子。他摆弄着一个苍蝇拍，试着想象它的主人。他打开一个洗发液瓶，倒进一些海水，把洗发液的泡沫抹到头皮上。他的头发现在很长，都缠结在一起了。他想起赫克托曾找到过一把断了的梳子，于是到处寻找。他在一个塑料袋里找到了梳子，开始梳理自己的头发，还梳了梳胡须。

那天晚上，玻利瓦尔去了罗莎家。他轻轻地敲了敲门，她把门打开了。她站在半明半暗的光线中，她轻轻一甩，头发便披散下来。看到他的身体，她的眼睛无法掩饰她的惊慌。她摸了摸他没有肉体依托的手臂，倒抽了一口气。她的手摸着他的肋骨。她脱掉宽松的衬衫，他的手放在她的小腹上。

他说："对不起，罗莎，我没有时间刮胡子。"

事后，他耗尽了精力，躺在那里，觉得自己的替身会一直存在。

他对罗莎说："如果我能成为他，我就能永远离开那艘船了。只需要集中注意力就行了。那我就可以自由地做我喜欢的事了。我就可以永远抛下另一个我了。"

罗莎用手指抚摸着他的胸膛。

她说："他怎么样，都与我无关。"

在一片空白的天空下，玻利瓦尔拿着刀无所事事。就在这时，他停下来倾听。他迅速砍下鸟的爪子和羽毛，扔到海里。他把身体探出船的边缘，听了很长时间。

透明的大海变得越来越暗。

他相信自己的听觉。

他脱下衣服，把刀放在嘴里，尝了尝。他拿了一张小网。他轻轻吸了一口气，跳入了水里。他不敢松开小渔船。他踩着水，深吸一口气，潜到了小渔船的下面。下面的海洋就如同翻转了的黄昏，海水灼痛了他的眼睛。他看不到鲨鱼。他注视着闪烁的色彩。他的胆子变大，开始在船下游泳。船身看起来如同岩石，黑暗而粗糙，贴有藤壶的船身变得很锋利。

他从嘴里拿出刀，开始工作。

玻利瓦尔把捕到的东西放在面前，仿佛是放在一个盘子上。他拿起一只藤壶，把肉从壳里拽出来。一股咸咸的海水喷在他的脸上。他擦了擦脸颊，笑了起来。他用滑溜溜的手指把所有藤壶都从壳里拽出来，仔细端详着。藤壶那蜗牛般的身体看起来就像爬行动物的脚。他舀了一杯海水，给食物调味。他变成了他的舌头，当他吃东西的时候，他的心灵歌唱着肉体。他认为藤壶完全是海洋的味道。他怀疑自己现在是不是也是这个味儿。"你现在是不是由风雨、咸腥的空气、浸透了海水的血液组成？你在鲨鱼嘴里是什么味道的？"

吃完，玻利瓦尔仰面躺着，双手放在肋骨上。他的思绪飘荡着，有那么一刻，他感觉到了海洋里的所有生命。他这样想着，却突然感受到了一种不可言说的浩瀚感，感受到了所有曾经生活在海洋中的生物。他的思想试图到达所有这类生命存在的时候，试图抵达已经逝去的时间。时间会不停地向前走，直到永远。他可以想象到他身下的鱼，想象到世界上所有海洋里的鱼。鱼不知道繁衍生息了多少代。每条鱼都是一种存在，存在于它们的肉体之中，它们的肉体感觉自身是活着的，这种活着的感觉只存在一段很短的时间，就消失在了岁月的虚空中。

在这一切中，你是什么。

他转向坐在他旁边的一个人形，那是亚历克莎。

他说："你知道吗？人的问题都是自找的。我现在明白了。世界总是沉默的。"

日子一天天过去，玻利瓦尔白天睡觉的时候更长了。他在梦中看到了自己的替身，但现在他常常无法成为他。那个替身正在溜走。他剩下的水越来越少，他珍惜每一滴水。一天又一天，他注视着天空，就像看一幅展开的大卷轴，直到看到有雨落下来。他想象着自己长得足够高，可以撕裂天空，用手把天空撕成碎片，世界的结构就这样被破坏。他想知道天空的后面是什么。天空。黑暗。笑声的猛烈回声。他坐在那里吸着自己的舌头。

"咖啡"没了。他心想，很快你就得开始喝鸟血了。

在寒冷的天空下，玻利瓦尔坐在船尾，用意念驱使自己。他能看见自己在船的下面，拿着刀猛刺。他在小网子里装满藤壶。意志发送出图像，从中可以看到意志在执行意志发出的命令。意志挤压着感觉，说："今天，水并不平静。"

"不。"他说，"我不会这么做的。"

他发现自己在移动，他拿着刀吸了口气，静静地滑入了冰冷的水中。刹那间他知道了自己的弱点。水的重量束缚着他，把他向下拉，让他的四肢停止移动。他的眼睛在深不可测的黑暗中搜寻着。他看到一群黄黑色的小鱼游过。这时候，他看到意志在起作用，就像在看着他的替身一样。慢慢地，他把自己带到小渔船的下面。他削着船壳，计算着自己的呼吸。正当他埋头忙活的时候，一条长着镰状尾的鲨鱼从幽暗中游了过来。他吓得一时呼吸不畅，他的手张开，刀随即掉进了黑暗的海水之中。

太阳落在海面上。

他发现自己浮出水面，抓住船舷，翻进船里，将水咳了出来。他静静地躺着，等待着血变暖。他躺在那里，为丢了刀而难过。

船上只剩下一只鸟了，那是一只海鸥，它的羽毛上落着雨珠。这会儿，玻利瓦尔和它交谈了一会儿，请求它的原谅。

玻利瓦尔怀疑自己在一条航线的边缘。四天以来，他看到了两艘大船出现在地平线上。晚上，他又看到另一艘船的灯光。他想知道他们是谁，他们在做什么。他闭上眼睛，坐在那些船的船长的桌旁。他和他们的妻子跳舞。他抓住一个女人，听到她的喘息声，开始与她在甲板上跳华尔兹。他放声大笑起来。那是罗莎。

玻利瓦尔在寒冷中晃动着手臂。他看着火在水面上燃烧，仿佛那团火只是幻觉。

玻利瓦尔在梦中看到了罗莎的样子，她的形体在他的体内移动着，她很快成为一个女人，穿梭于这个世界，他的形体在她的体内移动，不被人看见，也不被人知道。晚上，他用嘶哑低沉的声音给她唱歌。有时她和他说话。她说："你必须活下去。你必须回家。我知道你能做到。"

他笑了笑，说："我正在尽我所能，但是越来越难了。我现在很虚弱，也很饿。我的身体很累。看看这个，我的胳膊像棍子。我有一段时间没有捉到鸟了。"

玻利瓦尔躺在那里，看着罗莎移动。他观察他所认识的其他人过着他们自己的生活。他站在街上或房间里看。他认为自己可能是个鬼魅，注视着活人的一举一动。这是他现在看到的一切。每个人都受制于时间，背负着沉重的负担移动着，时间则不顾人的存在，自顾自地流逝。每个人都在痛苦和恐惧中度过一生，忍受着迷惑，在黑暗中摸索，他们的手像盲人一样乱抓，因为他们并不能真正地看见。他闭上眼睛，轻轻地呼吸，感觉有光在体内扩散。他看到他们都在他面前，那些都是他认识的人。

他哭了。

他现在知道他爱他们所有人。他看到了年轻时的自己，他也很爱那个他。

一种奇怪的幸福感将他包围了。

即使看不见，玻利瓦尔也可以感觉到远处有一只鸟。他扭头看到一道V形的光落下。那只鸟俯冲进海里。他站起来喊叫，挥动着一个塑料袋。

玻利瓦尔渐渐地意识到，他的心中弥漫着一种深刻的宁静。很长一段时间都是这样，日子在沉默中流逝。但现在，当他醒来时，他的头脑是静止的。他这辈子一直听到的那个强势的声音不见了。他自己也解释不清楚。他不假思索地坐了下来。

第六章

暴风骤雨没有停歇。

第七章

玻利瓦尔从无底的睡眠中惊醒过来，眼前出现了一片耀眼的强光。他推开塑料布，用手捂着眼睛。夜晚的海上，一束火炬的光束对准了小渔船。他能听到很低的说话声，引擎的隆隆声在小渔船的船体中回响着。他看到一根香烟的光晃动着。

　　他心想，这是真的，不是梦。

　　难以置信的是，他的身体正从冷藏柜里移动出来。他挥舞着双臂，用极其嘶哑的声音叫喊着。他看到的是一艘短小但动力强大的巡洋舰，船身笼罩在黑暗里，船上没有一丝灯光，船的轮廓在月光下隐约可见。他看到了三个人影。他继续大喊，那艘船上的灯光扫过小渔船，随后又回到他的身上。

　　一个男人用外语大喊了什么。

他听到另一个声音，又高又急，他觉得这个人说的是日语，却不知道自己为什么这么以为。那艘船上的光灭了，船顿时陷入黑暗之中。他看着一根香烟被人吸了吸，亮起了火光，跟着，烟头弹向他，落在他的脚边。

巡洋舰的发动机爆发出轰鸣声。

他的嘴发干。他喊不出来。

巡洋舰疾驶而去。

玻利瓦尔躺在甲板上呜咽着，吸着那支快要熄灭的香烟。他告诉自己，也许在这样的情况下，你只有一次机会，错过了就不会再有。这是你的机会，你却放弃了。他怀疑这是不是真的。他不知道自己可以做什么，是不是应该跳进水里，向那艘船游去。

他感觉有一个黑色的东西在他的皮肤下蠕动，这个黑色的东西紧紧地抓住了他的心脏。

月亮移动着，投下朦胧的月光。

他翻滚几下，击打着船壳，折断了一个指关节。

"这是真的，你看到了。"

他站起来，凝视着黑暗。

他对着大海咆哮："该死的！你为什么不能让我一个人待着？"

当玻利瓦尔早上醒来的时候，他坐在那里琢磨前一晚发生的事是不是真的。他不能肯定。他能看见那艘船在黑暗的水面上，没有桅顶灯，没有舷灯，也没有船尾灯。肯定是犯罪分子，也许是海盗，还可能是走私贩子。然而，他琢磨着，却不能确定到底是什么。他找烟头，但没有找到。他坐在船尾的座位上，听到了自己沙哑的笑声。

第八章

时间从玻利瓦尔的身体里流走。他的思想再次在寂静中停滞了。他已经饿到了极点，但他却超越了饥饿感。发白的天空下起雨来，他心存感激。他量了量，桶里还剩下两指深的水。他端详着发白的月亮，像老朋友一样和它说话。月亮又升了起来，洒下月光。他数了数月圆月缺了几回，只觉得惊讶不已。他离家已有十一个月了。

第九章

有时玻利瓦尔坐着，只是看着自己的身体，就好像他以前从未见过它一样。他看到自己的手就像老人的手，皮肤上有很多疤痕，他的手指骨瘦如柴，指甲上都是褶皱，脚踝和脚上都皮包骨。他总是感觉很痛。血液缓慢而沉重地流动着，使得他四肢僵硬、呼吸急促。他再也没有精力跑步了。他心想，本来年纪轻轻的，却突然开始衰老。现在你是一个老人了。

　　现在，玻利瓦尔整天坐在冷藏柜里或甲板上，他的心与水同在，他的心与天空和风同在，他既在他的身体里，又与他的身体分离。

　　他感到深刻的沉寂仿佛进入了他的身体，流过了他的血液，消灭了他心中的渴望。

他倾听着沉寂，沉寂成了他的感觉。

他想知道，他所能感受到的内心的沉寂是否就是那深深的沉寂。是否就是沉寂中的沉寂，万物背后的沉寂。他不知道这是什么意思。他的心开始在思想的感觉中休息，直到他再也无法触及自己的心。

他意识到他以前从未听到过这种沉寂。

他现在明白了，他在不知不觉中，一直害怕这种沉寂。现在他能感觉到这种沉寂，就不再害怕了。他试图给这种沉寂树立一个形象。他试图把它想象成一种声音，他却听不到这种声音。他试着把它想象成颜色。渐渐地，他的心开始思考沉寂意味着什么。

过去的沉寂。

未来的沉寂。

死者的沉寂。

还未出生的人的沉寂。

这沉寂在所有生物的体内等待着。

在你的旅途中，夜幕会降临。

他现在明白了，不再害怕了。

他明白了沉寂要告诉他什么。

沉寂是宽恕的一种形式。

他拱起一只苍老的脚，用起皱的手指揉搓抽筋的小腿。他坐下来，在记忆中寻找着。他回忆海滨上的生活是怎样的。他可以在记忆里感觉，直到感觉成为他正在做的事。他现在准备离开。他打开他的小屋的门，让更多的光线照在镜子上。他在搪瓷水槽里洗了脸，刷了刷他那沾了污渍的牙，从盒子里拿了一根牙签。他在脸上喷了些古龙水。他在头发上涂了些头油，把头发往后梳。他系上他那件漂亮的黑衬衫的扣子。然后，他在镜子里看着自己。他想知道他是谁。他仔细地看，直到他能看到他一直以来的样子：头发有点凌乱，皮肤有些粗糙，骨骼又宽又大。他块头很大，十分强壮。

"你看起来不错，玻利瓦尔。你真的可以。事情就是这样的。这就是你。"

第十章

一只鸟进入了深刻惨白的寂静中。伴随着一声刮擦声，那只鸟落在玻利瓦尔的身边。他半睁着眼睛打量着那只鸟。他不知道那是一只什么鸟，鸟的羽毛是黑色的，喙是深红色的。鸟的眼睛周围有一圈不同颜色的羽毛，它与玻利瓦尔对视，没有一点惊慌。它的爪子被一团变色的麻绳缠住了。他盯着那只鸟看了一会儿。他没有力气动。然而，意志还是在他的体内找到了火花，透过血液发着光。他发现他的手指在麻线上。鸟儿振翅起飞，却发现自己已经无法逃脱。他坐着卷了一会儿线，而那只鸟用它的喙攻击他的手。

他的眼睛盯着活蹦乱跳的鸟。

他舔去皮肤上的血。

他说："听着，我很抱歉，但你想要什么？这是一个早已存在的规则。不是你活就是我活。"

几天来，他喝着混合着血的水，慢慢地吃着鸟肉。他的身体变得非常苍老，严重佝偻，但他能感觉到力气稍稍恢复了。

他问自己，这是否是你想要的。

夜幕降临在海面上。玻利瓦尔注视着沉落的太阳，燃烧的橙黄色阳光洒向小渔船，仿佛为他照亮了一条路。他注视着光线进入更深的色调，黑暗抚平了大海，使它变成像是涂了一层油的夜色，大海和天空仿佛合为了一体。就在那时，他看到了黑夜交替的确切时刻，他看到了水面上最后一点光消失，融入黑暗之中。他简直无法相信。那个时刻是沉寂的。终于看到了，他心想。你终于见证了这一刻。你一直都知道会有这么一刻。他能感觉到一种苍白刺痛的幸福感通过他的生命中心升起，在他的四肢蔓延开来。

第十一章

夜晚，白昼，他在睡眠中休息。

第十二章

玻利瓦尔从梦中醒来。他坐起来。他梦见微小的海浪撞击小渔船时，发出一种不同的声音。他慢慢地移动到船的边缘，抬起头，倾听着水的声音。他不能肯定，很难分得清，所以只是坐着听了很长时间。然后，他确定了。他想知道这是怎么回事。但事实确实如此。水中有一种不同的感觉。另一种感觉。

　　玻利瓦尔坐在那里，身体前倾，看着海水拍打着小渔船。他注视着黎明在平静中爆发。现在，在他的身体里，他可以追踪到极限的边缘，那是一种深切而极度的疲劳。然而，他还是用意志力驱动意志力，用意志力驱使视觉去望着海面，寻找别的感觉。夜幕降临，他不敢入睡。他用意志力驱使自己整个晚上倾听水的声音，感觉水中的感觉，好像水的表情可以说话。他用意志力驱使自己进入黎明，听水，看水，感受水。后来，他慢慢站起来，向冷藏柜移动过去。就在那时，他看到了。在平静的海面上，一片棕榈叶漂过。他够不着那片叶子。

玻利瓦尔变成了被水挟着的一种感觉。他解释不了。他望着海洋移动，却看不到其中的任何区别。但是他感觉到了。他看到了绿色和棕色。水面上有两片棕榈叶，像手掌缠在一起。他伸出木板，够到一片叶子，他的手指滑过干枯卷曲的叶子。他把鼻子凑到叶子边，嗅着叶子里面藏着的古老而鲜活的绿意。他问亚历克莎："你怎么看？"

他头上套着一件毛衣坐在那里，迎着正午的太阳。他的影子是那么纤瘦。他坐着端详水面。现在海浪有了变化，这是事实。小渔船在自由移动，但是没有任何涨潮的迹象。他极目远眺，希望目光能望得远一些。然后，他看见了一个很难察觉到的东西。他不愿相信。一个东西出现在大海的远处。他站在座位上凝视着。他屏住了呼吸，看着那个东西越来越大。血液涌上心头。他不敢眨眼。

远处，有一个朦胧的形状。

玻利瓦尔听到了一个声音，他内心那个古老的声音在说话："听着，玻利瓦尔。这是光造成的幻觉。那只是看起来像岛屿的海市蜃楼。这种事发生过多少次了？也可能是一只巨大的鲸鱼。也许是一些漂浮的垃圾反射着太阳光。也许是某种污染。谁知道是什么。也许你又产生幻觉了。不要抱太大希望。嘿！你在听我说话吗？嘿！"

玻利瓦尔警觉地站了好几个小时。他的呼吸很浅，几乎没有触及空气。他看到的是一个很大的东西，矗立在水面之上。他开始认为那是一个岛屿。他不敢动，生怕他看到的东西会消失。他闭上眼睛又睁开。它仍然在那里。他闭上眼睛，转过身来面对冷藏柜，又睁开眼睛看四周的大海。然后，他又转过身来，他看到的一切仿佛是画出来的。那个突出水面的东西灰蒙蒙的，闪耀着绿色。

　　那是一座岛。玻利瓦尔的心在眩晕，他的心仍在怀疑，但他知道那肯定是一座岛。他能感觉到不同的能量在他的身上流动，片刻的悲伤与狂喜相遇，他又难过起来。他不知道自己怎么了。水流正把小渔船带向岸边。你一定是在做梦，但如果你是在做梦，这片海岸看起来也太真实了。他寻找船只，但没有发现。他注视着模糊的风景，寻找建筑物或烟雾。他现在想知道，如果他正在前往一片无人居住的地方，那意味着什么，那将是另一个开始而不是结束，但他不在乎。小渔船一小时又一小时地漂浮着，到了下午，他才确定自己离海岸足够近，可以游泳过去。他看到了岩石和狭窄的海滩。青山上的绿树摇晃着。他的思想现在完全进入了他的身体，意志进入血液后在全速游动。血液流经心脏进入四肢。他听着他的四肢说他没有力气游泳，他的身体已经不行了，他已经老了，他会淹死在海里。他坐着思考着这个问题。

玻利瓦尔握着船的边缘入水。很长一段时间，他都不敢放手。他要求自己的肉体复活。他要求自己的身体回家。他没有注意到自己在哭。他仍然不能放手。

玻利瓦尔缓慢而沉重地向前游动着。他的身体在呼喊，但还是服从了。很快他就喘不过气来了，胳膊和腿把他往下拽，但他仍继续往前游动，他的眼睛盯着海滩。他看着海滩上的棕榈树。大海，他想，只有大海，也许这只是一个梦，但你能感觉到水、空气、在游动的身体，你真的在向海岸移动，你就快回家了。心脏需要血液，他吞下了海水，但他仍用意志力驱使自己的身体移动，直到他再也不能驱使自己的意志力。他的双腿下垂，他的脚碰到岩石。水灌进了他的嘴和鼻子，有一段时间他什么也看不见，他伸着胳膊想要抓住什么，就在那时他倒在了岸上。

他发现自己在爬。

他好像看见了一团烟雾，看到了一座小屋的轮廓。他试图大喊，但他的气息消失了，他的声音断断续续。他几乎不能呼吸。时间的感觉又来了，时间流进他的身体，流过他的思想。这片海岸是那么坚实。土地是那么坚实。这时，他听到了一声呼唤。一个隐约可见的影子变成了一个向他移动的人形。他想大喊。他摔倒了。他在海滩上爬着，断断续续地呼喊着，他呼吸急促，连说话的力气都没有了，他想一遍又一遍地说"家，我现在可以回家了"，却怎么也说不出来。就在这时，一个孩子出现在他的面前。他跌倒在那孩子面前，那是个小女孩。他抬起头，心想：你相信了。对这个世界的熟悉感又回来了。就在这时，他喘匀了气，可以说话了。

他不愿吓着她，就用自己的母语说了一句：

"我只是一个渔夫。"